新・浪人若さま
新見左近【十三】

忠義の誉

佐々木裕一

双葉文庫

目次

主な登場人物

新見左近――浪人新見左近を名乗り市中に出るが、その正体は甲府藩主徳川綱豊。たびたび市中に繰り出しては、秘剣葵一刀流でさまざまな悪を成敗しつつ、自由な日々を送っていた。五代将軍綱吉たっての願いで仮の世継ぎとして西ノ丸に入ってからは平穏な日々を過ごしていたが、京にいるはずのお琴の身に危難が訪れたことを知り、ふたたび市中へくだる。晴れて西ノ丸から解放され、桜田の甲府藩邸に戻る。

お峰――実家の旗本三島家が絶えたため、母方の伯父である岩城雪斎の養女となっていた、左近の亡き許嫁。妹のお琴の行く末を左近に託す。

お琴――お峰の妹で、左近の想い人。小間物問屋、中屋の京の出店をまかされ江戸を離れていたが、店を焼かれたため江戸に逃れ身を潜めていた。貴船屋の事件解決後、左近と無事再会を果たし、三島町で小間物屋の三島屋を再開している。

権八――およねの亭主で、腕のいい大工。女房のおよねともども、お琴について京に行っていた。江戸に戻ってからは大工の棟梁となり、三島屋裏の鉄瓶長屋で暮らしている。

およね――権八の女房で三島屋で働いている。よき理解者として、お琴を支えている。

吉田小五郎――甲州忍者を束ねる頭目で、左近の警固役。幼い頃から左近に仕え、全幅の信頼を寄せられている。三島町で再開した三島屋の隣で煮売り屋をふたたびはじめ、配下のかえでと共にお琴の身を警固する。

かえで――小五郎配下の甲州忍者。小五郎と共に左近を助け、煮売り屋では小五郎の女房だと称している。

岩城泰徳――お峰とお琴の義理の兄で、本所石原町にある甲斐無限流岩城道場の当主。父雪斎が左近の養父新見正信と剣友で、左近とは幼い頃からの親友。妻のお滝には頭が上がらぬ恐妻家だが、念願の子を授かり、雪松と名づけた。

間部詮房――左近の養父で甲府藩家老の新見正信が、左近の右腕とするべく見出した俊英。左近が絶大な信頼を寄せる、側近中の側近。

岩倉具家――京の公家の養子となるも、密かに徳川家光の血を引いており、将軍になる野望を持っていたが、左近の人物を見込み交誼を結ぶ。鬼法眼流の遣い手で、京でお琴たちを守っていたが、修行の旅を経て江戸に戻ってきた。市田実清の娘光代を娶る。

西川東洋――上野北大門町に診療所を開く、甲府藩の御殿医。一時、診療所を弟子の木田正才と女中のおたえにまかせ、七軒町に越していたが、ふたたび北大門町に戻り、三人で暮らしている。

篠田山城守政頼――左近が西ノ丸に入る際に、綱吉が監視役として送り込んだ附家老。通称は又兵衛。元は直参旗本で、左近のもとに来るまでは、五年にわたって大目付の任に就いていた。

おこん――西川東洋の友人の医師、太田宗庵の娘。嫁入り前の武家奉公のため、甲府藩の桜田屋敷に入り、奥御殿女中を務めている。

真衣――桜田屋敷の奥御殿女中の一人。御家人である親の出世のため、左近を色仕掛けで籠絡しようとしたが失敗。のちにおこんのよき友人となる。

皐月――間部の遠縁で、奥御殿女中の指導役。おこんたちを厳しくも温かく見守っている。

堀部安兵衛――元赤穂藩士で、直心影流堀内道場四天王の一人。泰徳を通じて左近と交誼を結んでいたが、お家取り潰しのあと、江戸から姿を消す。

奥田孫太夫――元赤穂藩馬廻役。堀内道場四天王の一人。安兵衛と共に、左近と親しくしていた。

新井白石――左近を名君に仕立て上げるべく、又兵衛が招聘を強くすすめた儒学者。本所で私塾を開いており、左近も通っている。

徳川綱吉――徳川幕府第五代将軍。四代将軍家綱の弟で、甥の綱豊（左近）との後継争いの末、将軍の座に収まる。だが、自身も世継ぎに恵まれず、その座をめぐり、娘の鶴姫に暗殺の魔の手が伸びることを恐れ、綱豊に、世間を欺く仮の世継ぎとして、西ノ丸に入ることを命じた。

柳沢保明――綱吉の側近。大変な切れ者で、綱吉の覚えめでたく、老中上座に任ぜられ、権勢を誇っている。

徳川家宣

江戸幕府第六代将軍
寛文二年(一六六二)〜正徳二年(一七一二)

寛文二年(一六六二)四月、四代将軍徳川家綱の弟で、甲府藩主徳川綱重の子として生まれる。綱重が正室を娶る前の誕生であったため、家臣新見正信のもとで育てられる。

寛文十年(一六七〇)、九歳のときに認知され、綱重の嗣子となり、元服後、綱豊と名乗る。延宝六年(一六七八)の父綱重の逝去を受け、十七歳で甲府藩主となる。将軍家綱が亡くなった際には、世継ぎとして候補に名があがったが、将軍の座には、叔父の綱吉が就いた。

五代将軍綱吉も、嫡男の早世や、長女鶴姫の婿である紀州藩主徳川綱教の死去等で世継ぎに恵まれなかったため、宝永元年(一七〇四)、綱豊が四十三歳のときに養嗣子となり、江戸城西ノ丸に入り、名も家宣と改める。宝永六年(一七〇九)の綱吉の逝去にともない、四十八歳で第六代将軍に就任する。

将軍就任後は、生類憐みの令をはじめとした、前政権で不評だった政策を次々と撤廃。間部詮房を側用人として重用し、新井白石の案を採用するなど、困窮にあえぐ庶民のため、政治の刷新をはかり、万民に歓迎される。正徳二年(一七一二)、五十一歳で亡くなったため、治世は三年あまりとごく短いものであったが、徳川将軍十五代の中でも一、二を争う名君であったと評されている。

新・浪人若さま　新見左近【十三】

忠義の誉(ほまれ)

この作品は双葉文庫のために書き下ろされました。

第一話　我が世の春

一

よく晴れた日本橋（にほんばし）の通りは、今日も人が多い。

わあっと歓喜の声をあげて商家のあいだの路地から走って出た男児が、追いかけっこに夢中で前を見ていなかったものだから人にぶつかり、尻餅（しりもち）をついた。

悪いことに相手は若い侍だ。

男児は叱（しか）られると思ったのか、恐れた顔で見上げている。

ごめんなさい、と言う前に、若い侍が手を伸ばした。

「怪我（けが）はないか」

優しく言われてきょとんとした男児は、青洟（あおばな）が垂れた顔をこくりとやり、素直に手を差し出す。

「ちゃんと前を見て走れ」

頭をなでられた男児はきびすを返し、路地の入口に立っていた子供たちと走り去った。その路地から、遊びに戻った子供たちの元気な声がする。

男児の頭がもろに当たった下腹を押さえながらも、笑って上機嫌で歩みを進めるこの若侍は、元公家、今福象山の息子知正だ。

機嫌がいいわけは、お家が高家として取り立てられそうだからだ。

高家とは、幕府の儀礼・式典を司る格式ある役職で、かの吉良上野介は、高家筆頭として高家肝煎の役に就いていたが、こたびの刃傷沙汰によって肝煎を辞し、無役の表高家となっていた。

肝煎として絶大な力を持ち、朝廷との交渉ごとにも尽力してきた吉良が辞任したことで、公儀はそれを補うべく新たに高家を増やすことになり、元公家の今福家を高家に、という話が持ち上がったらしい。

先ほど、毎日城で勤めをしている知り合いの旗本を訪ねて確かめても、ほぼ間違いないだろうと言われて有頂天になり、早く父に教えるべく家路を急いでいたのだ。

五歳の時、父に連れられて江戸にくだって二十年。水が合わぬ土地で、お家のために苦労していた父の姿を見て育っただけに、やっと報われると喜んでいる知正の足取りは軽く、人が少なくなったところで走りはじめた。

「若様、知正様！」

名を呼ばれて振り向けば、ずんぐりとした男が恵比須顔で立っている。

知正は立ち止まった。

「おお、大黒屋。どうした」

屋敷に出入りしている大商人の大黒屋源兵衛が、揉み手をしながら歩み寄る。

「聞きましたよ。高家ご就任、おめでとうございます」

「おいおい、まだ決まったわけではないぞ」

言いながらも、自然と顔がほころぶ。

得意満面の知正に、源兵衛は笑って返す。

「何をおっしゃいます。手前が聞いたところによりますと、十中八九、お父上様は高家になられます。そんな縁起のいいお家の若様とここで出会ったのは手前の幸運。どうです、日もいい具合に暮れてまいりましたから、喜乃屋で前祝いといきませんか」

前に一度接待されたことがある料理茶屋の名を出されて、知正はごくりと喉を鳴らすも、二つ返事で応じるのは気が引けた。

「誘ってくれたのは嬉しいが、いくらなんでも気が早いだろう」

「まあまあ、そうおっしゃらずに。前祝いをして、本決まりをぐっと引き寄せましょう」

「そうか。そういうことなら行こう」

喜んだ源兵衛は、供の者を先に走らせ、駕籠(かご)を雇った。

知る人ぞ知る喜乃屋は料理が旨(うま)いうえに、舞(まい)を踊る女たちがいい。

芸者のように濃い化粧をしているのではなく、ごく普通の身なりで踊るのだが、知正はその素朴(そぼく)さが粋(いき)に感じられて、また来たいと思っていただけに大いに楽しんだ。

また、源兵衛は乗せるのがうまく、

「こちらの若様は元お公家で、近々高家になられるんだよ。そうなったらなかなか近寄れないから、今のうちに顔を覚えてもらいなさい」

などと女たちの前で言うものだから、知正は気分がよかった。

源兵衛のほうも嬉しいようで、

「前祝いは、今日だけでは終わりませんよ」

などと言い、次の日も、その次の日も誘われた。

二十五歳という若さも手伝い、知正は連日喜乃屋に通うようになったのだ。

そんなある日の朝、夜中に帰って夜着に包まり夢の中にいた知正は、廊下に足音を響かせてやってきた父にたたき起こされた。

「どういうことだ！」

怒鳴られても何がなんだかわからず、寝ぼけた顔で見上げていると、いきなり顔を殴られて目がさめた。

正座させられて聞けば、知正が酒と女に溺れ、気に入らない者がいれば容赦なく痛めつけるなど、近頃素行が悪いとの噂が父の耳に届いたと言うではないか。

まったく身に覚えがない知正は、顔を真っ赤にして怒る父に笑った。

「父上、誰が言ったのか知りませんが、わたしは酒を飲んで騒いでいるだけで、おなごに手をつけてはおりませんし、人を痛めつけたりもしておりませんから、ご安心ください」

それでも象山は怒りを鎮めなかった。

「わたしとて、お前が悪事を働くとは思うておらん。言いたいのはそこではない。今福家にとって今がもっとも大事な時に、毎夜毎夜遊び歩くなと言ったはずだ。それなのに親の目を盗んで夜の町へ通っていたのが許せぬのだ」

知正は布団から出て両手をついた。

「以後気をつけますから、どうか怒りをお鎮めください。医者に怒りは身体に毒だと言われたばかりではありませぬか」

「そうやって心配するなら、言うことを聞け！」

「承知しました。今夜から決して出歩きませぬ」

象山は憤懣やるかたない様子で、部屋から出ていった。

はぁ、と息を吐いた知正は、仰向けに寝転がって両手を枕にして考えた。

いったい何がどうなれば、父の耳にあのような噂が入るのか。

女の尻は確かにちょんとついた。

酒が遅いのを叱ったこともある。

それだけだ。


「羨望の的になれば、あらぬ噂を立てる意地の悪い手合いもいますよ」

笑って言うのは、今日も誘いに来た大黒屋の番頭だ。

知正はさすがに断った。だが、番頭はにやついて言う。

「お顔に行きたいと書いてありますよ。我慢は身体に毒です」

「そうはいってもな、父上が……」

「若様、今夜はきつ乃さんが新しい舞を披露すると張り切っておりましたから、行かない手はないと思いますよ」

美しい舞姿が目に浮かんだ知正は、今夜を見納めにしようとこころに決め、父の目を盗んで出かけた。

父が高家になるのは揺るぎないものだと信じる気持ちと身の潔白が、知正の気持ちを大きくしてしまっていたのだ。

この時はまだ、誰も疑っていなかったのである。

きつ乃の舞を堪能した知正は、

「いいものを見せてもらった。これで心置きなく、明日からお家のために励める」

今夜が見納めだと告げて酒と料理を楽しみ、夜中にこっそり寝所に戻ると、夜着に包まって眠った。

美しいきつ乃の夢を見ていた知正だったが、ふと目をさましてみれば、外はすっかり日がのぼっており、慌てて起き上がった。

急いで身なりを整えて父の部屋に行くと、聞き覚えのある声がした。

「気を落とすな。今夜また来るから、一杯やろう」

そう言って廊下に出てきたのは、父と仲がいい旗本の名越元左だ。

廊下に立っている知正と目が合った名越は、不機嫌そうな顔で歩み寄る。

「この大馬鹿者が。父上に詫びろ」

言いつけを聞かず抜け出したことだと察した知正は、応じて父のもとへ行く。

床の間に向いてあぐらをかいている象山は、がっくりと首を垂れてこちらを見ようともしない。

知正は入口に座して頭を下げた。

「父上、ご安心ください。もう二度と行きませぬ」

「もう遅い」

廊下で告げた名越に、知正は振り向く。

「何が遅いのですか」

名越は厳しい目をする。

「新たな高家には、柳沢様が推された人物が決まった」

知正は耳を疑った。

「今、なんとおっしゃいました」

「高家には、武田信興殿が決まったのだ」

「そんな……。父上を差し置いて高家になるとは、いったいどのようなお家柄なのですか」

「かの名将、武田信玄（しんげん）公の玄孫（やしやご）だ」

「えっ」

「武田家旧臣の血を引く柳沢様は、信興殿を屋敷に住まわせ、お家再興の機会をうかがっていたのだともっぱらの噂だ。お前の悪い噂を流した大黒屋は、その柳沢家への出入りを許されている。この意味がわかるな」

罠（わな）に嵌（は）められた。

知正がそう口に出す前に、呻（うめ）き声がした。

顔を真っ赤にした象山が頭を抱えたのを見た知正は、はっとして近づいた。

「父上、頭が痛いのですか？」

「おい！　どうした！」

駆け寄った名越が、横倒しになった象山を見て叫ぶ。

「医者を呼べ！　急げ！」

応じた知正は下僕（げぼく）を走らせ、父に寄り添った。

「父上！」

息子の声に目を開ける象山だったが、黒目が定まらない。顔の右半分が垂れ下がって別人のようになり、右手の指が鷹の爪のように曲がったまま固まっている。

「父上、しっかりしてください!」

息子の声に顔を歪めた象山が、動くほうの手で腕をつかんできた。何か言おうとしたが言葉にならず、手に力を込めて呻いた。

「父上、何をおっしゃりたいのですか」

「む、無念……」

これが、ようやく出た言葉で、知正が聞いた最期の声だった。

医者が駆けつけた時には、父は誰の呼びかけにも応じなくなっており、朝を待たずに帰らぬ人となってしまったのだ。

突然の死は、知正のこころに深い悲しみを残し、罪悪の念に囚われた。葬儀が終わると部屋に籠もるようになり、己を責め続けた。

父が意識を失う前に見せた悔しそうな顔が頭から離れぬ知正は、位牌の前で頭を抱えて突っ伏し、許しを乞う日々を過ごした。

いくら詫びても、父は夢枕にさえ立ってはくれぬ。

下女が作ってくれる食事にも手をつけず、酒ばかりを飲んで寝る暮らしが続いた。

そんな知正でも、ひとつだけ望みはあった。父の跡を継いでお家を守ることが罪滅ぼしだと、葬儀の時に名越に言われ、胸に刻んでいたからだ。

そろそろ公儀から声がかかる頃になると、酒を断って不精をしていた身を清め、来る日も来る日も待ち続けた。だが、訪ねてきたのは公儀の者ではなく、不機嫌極まりない様子の名越だった。

聞けば、悪い噂が祟って家督相続の許しが出そうにないと言うではないか。

納得のいかぬ知正は、弁解の場をもうけてもらえるよう名越に懇願した。

だが名越は、難しいと言う。

「上様が、かの浅野内匠頭が吉良殿に斬りかかって以来、人選を厳しくするよう厳命されておられるからな」

知正は袴をにぎりしめた。

「大黒屋源兵衛のせいで……」

「すべてはお前の身から出た錆だ。卑しい商人などに尻尾を振ってついてゆくからこのようなことになったのではないのか」

厳しく言われて、知正は閉口して下を向いた。

袴をより強くにぎりしめるのを見た名越が、鋭い目を向ける。

「よいか知正。大黒屋の後ろには柳沢様がおる。家督相続が許されずとも、決して源兵衛に仕返しをしようなどと思うでないぞ」

悔しさに歯を食いしばる知正は、返事もせず、名越と目を合わせられなかった。

名越が両肩をつかんで力を込める。

「厳しいことを言うたが、まだ望みはあるのだ。身を慎んで待っておれ。いいな、わかったな」

「承知しました」

ようやく出た言葉に、名越はうなずき、帰っていった。

夕暮れ時の客間に一人座っている知正は、下女が蠟燭に火を灯しても顔を向けもせず、背中を丸めて一点を見つめていた。

二

公儀からなんの音沙汰もない日が続き、自棄になった知正は、昼間から酒に酔って町を歩くようになっていた。

「わたしなど、どうでもいいということか！」

手に提げている酒徳利をがぶ飲みし、千鳥足で町の通りを歩きながら叫ぶのはまだましなほうで、夜ともなれば町の料理屋に入り込み、客をつかまえては柳沢と大黒屋の悪口を言っていた。

気の毒だと言う者もいれば、あからさまにいやそうな顔をして出ていく者もいる。酔ってくだを巻く知正に対し、負け惜しみだと言う者がいようものなら、飛びかかって喧嘩をした。

今日は空に雲ひとつない気持ちのいい日だというのに、いつものように昼間から泥酔していた知正は、酒徳利をぶら下げ、大声で大黒屋の悪口を言いながら町中を歩いていた。

前を見て歩かないので人とぶつかり、転んでは立ち上がって歩いていたのだが、四人組の若者とぶつかった時は喧嘩になった。

相手は町の男たちだが、職人気質のため侍を相手に一歩も引かず、ついには知正のほうから手を出したのだが、多勢に無勢でひどく痛めつけられ、倒れてしまった。そこへ通りかかった町の女が声をかけるも、知正は恥ずかしさと悔しさで、邪険にしてしまう。

「父上、あのお方はみっともないですね」

こう言ったのは、出先から戻ってきた雪松だ。

慌てた岩城泰徳が雪松の口を塞ぐも、聞こえた知正が雪松を睨みつけながら立ち上がり、憤怒して向かう。

「おい小僧、今なんと言いやがった」

雪松は泰徳の後ろに隠れるでもなく、相手になる気満々で身構える。

「小僧、生意気な」

指差して怒鳴る知正は、雪松をかばって前に出た泰徳を見て目を見張り、態度を一変させて深々と頭を下げた。

「お久しぶりでございます！」

雪松は不思議そうな顔をする。

「父上、お知り合いですか」

泰徳は首をかしげ、男に問う。

「どこかでお会いしたことがあるか」

「以前お世話になっておりました、今福象山の息子でございます」

名を告げられて、泰徳はようやく思い出す。

「知正殿か」

「はい」

父親の象山は、江戸にくだって間もない頃に岩城道場に入門し、何年か通っていた。その時、まだ幼かった知正も共に剣を学んでいたのだが、旗本に取り立てられ、飯田町に屋敷を賜ってからは疎遠になっていた。

「立派な若者になったと言いたいところだが、そのざまはなんだ」

泰徳が厳しく言うと、知正は殴られて腫れた顔を手で隠してうな垂れる。

「お恥ずかしい限りです」

「酒に逃げたいわけがあるのか」

「聞いてくださいますか」

「うむ」

泰徳が応じると、知正は今にも泣きそうな顔になり、腹に溜まっている鬱憤を吐き出した。

立ち話で聞くような内容ではなかったが、泰徳は象山の急逝を悼み、知正にお悔やみの言葉をかけた。そのうえで、かつての弟子に厳しく当たる。

「気持ちがわからぬではない。だが、だからといってこのようなことをしていたのでは、ますます悪い噂が広まり、家督相続が遠のくぞ」

すると知正は、目を見ずに言う。

「もういいのです。何もかもいやになりましたから、父が生まれ育った京に戻って、菩提(ぼだい)を弔(とむら)おうかと思います」

「出家するのか」

「そのつもりです」

「それは本心か」

知正は顔を上げず、はいと答えた。

どうやら本心ではなさそうだ。

そう感じた泰徳の横をすり抜けた雪松が、道端に転がっている酒徳利を拾って戻り、泰徳の顔を見て差し出す。

同じことを考えているだろう息子に泰徳はうなずいて受け取り、しょぼくれている知正に返してやりながら言う。

「これ以上ご公儀に目をつけられるような真似(まね)はするな。酒に逃げたくなったら、気晴らしに道場に来い」

徳利を受け取らぬ知正が、顔を上げた。

「いつでもよろしいですか」

「うむ」

するとと知正は嬉しそうな顔をした。

「では、今から行きとうございます」

泰徳は笑って肩をたたき、知正を道場に連れて帰った。

客間に茶菓を持ってきたお滝は、厳しいことで知られる道場の妻女らしく、顔を怪我している若者を見ても驚きはしなかったのだが、

「お滝、覚えているか、今福知正殿だ」

泰徳が教えると、驚いた顔で知正をまじまじと見た。

「あの美しいお顔が台無し……」

思わず本音が出た口を手で塞いだお滝は、言い換えた。

「京生まれらしかった若君が、江戸の水に染まったようで」

知正は苦笑いをして、痛む唇を押さえた。

目を輝かせたのは雪松だ。

「京のお生まれなのですか」

知正がそうだと答えると、雪松は興味津々の顔で、質問責めにする。

祇園には行ったことがないと知正が言うと、雪松はがっかりした。

「それはつまらないですね」

などと言うものだから、お滝が尻をたたいて叱った。

その様子を見て、知正が笑った。

まだ笑えるなら大丈夫だと思った泰徳は、お滝に叱られて首をすくめている雪松を一瞥し、知正に問う。

「本所に渡ったほんとうの理由はなんだ」

知正の顔から笑みが消え、お滝が出した茶菓を見つめて答えない。

大黒屋源兵衛が本所の別宅に妾を囲っているのを知っていた泰徳は、干し柿が載せられた皿を取って知正に差し出す。

恐縮した知正が一口囓り、茶を飲んだものの、まだ答えぬ。

そこで泰徳のほうから切り出した。

「大黒屋の別宅に押し入って、父親の仇を討とうとしたのではないのか」

厳しい口調に、知正は湯呑みを置いて居住まいを正す。

「初めはそのつもりでしたが、いざとなると足がすくんでしまいました。そんな自分にも腹が立って、酒を飲んだのです」

白状した知正は、雪松とお滝がいる前で泣き崩れた。

驚く雪松の袖をお滝が引く。

素直に応じた雪松は、母について客間から出ていった。

「すみません。取り乱してしまいました」

「気持ちは察する」

哀れに感じた泰徳は、せめて家督を継がせてやりたいと思い、知正が落ち着いたところで持ちかけた。

「ご公儀に顔が利くお方に会わせるから、身の潔白を証明しろ」

知正は戸惑った顔をする。

「柳沢様と関わりがある大黒屋が広めた話を、偽りだと信じてくださいましょうか。それに、今のわたしは評判どおりの暮らしをしていますし……。どうやって偽りだと証明すればよいのでしょう」

「心配するな。普段どおりに接すれば、お前がどのような者か見極めてくださる」

「ますます不安になってきました」

「どうして。真面目ではないのか」

「真面目に生きてきたつもりです。少なくとも、父上が亡くなる前までは」

「おれからも頼んでやるから、お家のためだと思うて勇気を出せ」

「お家のため……」

自分に言い聞かせるようにつぶやいた知正は、泰徳を見た。

「では、お願いします」

「うむ。相手の都合を確かめるまで、ここに泊まれ」

知正は驚いた。

「よろしいのですか」

「部屋はいくらでも空いているから遠慮するな。それに、一人で飲むより、二人のほうがよいだろう。外泊については心配するな。そのお方が目付に咎められぬよう、うまく取り計らってくださる」

また酒に酔って出歩かぬよう、泰徳の気配りを察した知正は、平身低頭して感謝した。

泰徳はさっそく手紙をしたため、桜田の甲府藩邸に人を走らせた。

折よく新見左近は屋敷にいたらしく、使いの者が返事を持って帰ったのは日が暮れてからだ。

手紙を読んだ泰徳は、知正を居間に連れてくるよう雪松に命じた。

程なく来た知正を座らせた泰徳は、笑顔で告げる。

「さっそく明日会えることになった」

「明日ですか」

伸びた月代を気にする知正を前に、泰徳はお滝に言う。

「すまぬが身ぎれいにしてやってくれ」

「おまかせください」

「奥方様、かたじけのうございます」

恐縮する知正に、お滝は笑顔で応じる。

雪松が身を乗り出す。

「父上、どちらに行かれるのですか」

「お琴の店だ」

「叔母上のところへ行かれるなら、わたしもお供します」

京に行って以来、何かとついて歩きたがる息子だが、泰徳は厳しく告げる。

「だめだ」

ええ、と声を吐いた雪松は、残念そうにうな垂れた。

「遊びに行くのではないのだから、こたびは留守番をしていろ」

「わたしは構いません。ご子息にお声をかけていただいたおかげでお師匠と再会できたのですから、お望みどおりに……」

頭を下げる知正に、雪松も続く。

「父上、お供しとうございます」

泰徳は困った顔をお滝に向ける。

お滝は、連れていってやりなさいとばかりに、うなずきを返した。

「では許す」

泰徳の声に明るい顔を上げた雪松は、はい、と元気に応(こた)え、お滝に嬉しそうな顔を向ける。

「くれぐれも、邪魔をしないように。いいですね」

母に厳しく言われた雪松は、真面目な顔でうなずいた。

三

翌日、泰徳はお琴の店に知正を連れていった。

「相変わらず繁盛(はんじょう)しているな」

そう言いながら店に入った泰徳に気づいたお琴は、客をおよねに託して迎えた。

「義兄上いらっしゃい。雪松殿、こんにちは」

「叔母上、お邪魔をいたします」

丁寧にお辞儀をする雪松に、お琴は目を細める。

泰徳から来た理由を聞いたお琴は快諾し、頭を下げる知正を店の奥へ案内した。

雪松は、客と話していたおよねが大笑いをしたので顔を向けたのだが、およねのそばで客の相手をしている娘のことが気になった。

父の泰徳について京に行っているあいだに、叔母のお琴が亡くなった友人の八つの娘を養女として引き取ったという話は聞いていたが、当人を目にするのは初めてだったのだ。

みさえを気にする雪松の様子に気づいたお琴は、みさえを呼び寄せた。

およねが店は一人でいいと言うので、お琴はみさえを座敷に上げ、改めて泰徳と雪松に紹介した。

明るい顔で頭を下げるみさえに、泰徳は微笑んで言う。

「お琴の子に、ようなってくれたな。わたしのことも、ほんとうの伯父と思うてくれ」

「はい」

笑顔で応じたみさえは、雪松を見た。

目が合った雪松は、思わずそらす。

恥ずかしそうにする雪松を見て、お琴は泰徳と顔を見合わせて笑った。

泰徳が言う。

「雪松、あいさつをせぬか」

雪松はみさえに会釈をした。

「こいつ、恥ずかしがっておる」

泰徳は笑って言い、知正を客間に促した。

「雪松殿、仲よくしてやってくださいね」

そう言って泰徳に続くお琴を目で追った雪松は、みさえを見た。

みさえに微笑まれ、雪松は訊く。

「店を手伝っているのか」

「はい」

「毎日？」

うなずくみさえに、雪松は店を見ながら言う。

「遊びたくないのか」

「ちっとも。母様を手伝うほうが楽しいのです」

「わたしも、父の人捜しを手伝った時は楽しかった」

そこへ、品定めをする客から離れたおよねが、茶菓を載せた折敷(おしき)を持ってきた。

泰徳と知正に茶を出し、雪松のところに来る。

「はぁい、おまんじゅうを召し上がれ。雪松君(ぎみ)、また背が伸びたのじゃありませんか？」

「少しだけ伸びました」

「やっぱり。もうすぐわたしを超しますね。お腹は倍以上わたしが大きいですが」

あはは、と一人で笑いながら店に戻るおよねに釣られて、みさえがころころ笑った。

雪松はまんじゅうをひとつ手に取り、みさえに差し出す。

驚いたような顔で受け取ったみさえは、ありがとうと礼を言って一口食べ、おいしいと笑顔を向ける。

表情を崩さぬままうなずいた雪松は、黙ってまんじゅうを口に運んだ。

「見ろ、雪松が照れているぞ」

隣の客間から見ていた泰徳は、雪松に聞こえぬようお琴に言い、二人で笑った。

泰徳は知正にまんじゅうをすすめ、自分もひとつ手に取って口に運び、庭を眺めつつお琴に言う。

「左近はよく来ているのか」

「相変わらずお忙しいようで、十日に一度ほどでしょうか。みさえのことも、可愛がってくださいます」

「それはよかった」

「義兄上のところには……」

「今日は久しぶりに会う。京に残った岩倉殿のことも気になるが、例の二人は、どこで何をしているのか」

知正の手前、堀部安兵衛と奥田孫太夫の名を出さぬ泰徳の心中を察して、お琴は隣の煮売り屋にも来ていないと言った。

知正は口を出さず、うつむき気味にまんじゅうを食べていたが、ふとした様子で庭に顔を向け、泰徳に向きなおって問う。

「立ち入ったことをお尋ねしますが、師匠に妹御がおられるとは知りませんでした」

泰徳は微笑んだ。

「商売をしたいと言って、嫁にも行かず家を出ていたからな」

知正は驚いてお琴を見た。

「この立派なお店は、お琴様の物でしたか」

「はい」

泰徳が問う。

「誰の物だと思うたのだ」

「ここに嫁がれたのだと思っておりました」

「こう見えて、独り身だ」

「義兄上、どう見えると言うのですか」

泰徳は言葉に詰まった。

明るく応じるお琴に、知正は感心し、また庭を見ながら言う。

「商家と武家の違いはあれど、あるじになられてうらやましいです。わたしはこれからどうなるのか」

「そこを頼むために来たのだ。弱気になるな」

泰徳が言っても、知正は不安が勝るらしく、首を垂れ、ため息をついた。

　そこへ、ふらりと左近が庭に姿を現した。

　いつもの藤色の着流し姿の左近は、泰徳と会釈を交（か）わし、うな垂れている知正を見る。

　顔を上げた知正は、緊張した様子で居住まいを正しながらも、この浪人者ですか、とでも言いたそうな、戸惑いを浮かべた顔を泰徳に向ける。

　泰徳は告げた。

「甲府藩主、徳川綱豊（とくがわつなとよ）殿だ」

「なんですって！」

　大声をあげた知正は、左近が立っている庭に駆け下りて平伏（へいふく）した。

　左近は縁側から上がり、庭に向いて正座した。

「知正殿、上がって座れ」

「はは」

　知正は左近に従って袴の砂を払い、示されるまま向き合って正座した。

「一別（いちべつ）以来か」

「はい」

　泰徳が口を挟む。

「なんだ、二人は初対面ではないのか」

　左近がうなずき、知正が答える。

「三年ぶりでございます。父と共に上様に拝謁した折に、甲州様ともお目にかかりました」

　泰徳は喜んだ。

「ならば話が早い。左近、知正殿が家督を継げるようにはできぬか」

　すぐには応えない左近の様子を見て、知正が落胆して言う。

「わたしの悪い噂が、甲州様のお耳にも届きましたか」

　左近が返事をする前に、泰徳が口を挟む。

「今は確かに荒れているが、それも根も葉もない噂のせいだ。今福家は陥れられたのだ」

　左近はうなずいた。

「柳沢殿に利用されたのかもしれぬ」

　泰徳が厳しい顔をする。

「どういうことだ」

　左近はお琴を見た。

察したお琴が気を利かせて、雪松とみさえがいる部屋に入って襖（ふすま）を閉めた。

三人だけになったところで、左近が切り出す。

「柳沢殿が、武田信玄公の血を引く信興殿を高家に推したことで、柳沢殿の先祖が仕（つか）えていた武田家再興のために、今の立場を利用しているのではないか。譜代（ふだい）大名や旗本からそのような声があがり、不穏（ふおん）な空気になっているのだ」

泰徳が言う。

「柳沢殿は、その火消しのために、有力だと目（もく）されていた今福家を貶（おとし）め、仕方なく武田を推したかたちにしようとしているのか」

左近はうなずく。

知正が悔しそうな顔で左近に問う。

「父がもっとも有力だと言われた理由をご存じですか」

「むろんだ」

答えた左近に、泰徳が訊く。

「差し支えなければ、おれにも教えてくれ」

左近は顔を向けた。

「公家の出である象山殿は、桂昌院（けいしょういん）様がさらに高みに上がられるよう、吉良上野介殿と共に朝廷に働きかけていた者たちのうちの一人だったからだ」

「そうだったのか」

腕組みをする泰徳に、知正が言う。

「まだ叶(かな)ってはいないものの、父は吉良殿が肝煎の役目を辞されてからは、旗本に取り立ててくださった徳川家に大恩を返すべく、より一層励んでいたのです。それなのに、柳沢様のせいで父は……」

悔しがる知正に、左近が告げる。

「策を弄(ろう)したのが柳沢殿本人だと決めつけぬほうがよい。今福象山殿は、大黒屋に恨(うら)まれていなかったか」

「あり得ません」

断言する知正を見て、左近がつぶやく。

「ではやはり、嵌められたのかもしれぬな」

泰徳が身を乗り出すように言う。

「左近、なんとか知正が家督を継げるようにできぬか。このとおり頼む」

「泰徳に頭を下げられては、応じぬわけにはいくまい。象山殿は桂昌院様のために動いておったのだから、上様にかけ合ってみる」

頭を上げた泰徳は真顔でうなずき、知正が平身低頭する。

「お手をわずらわせて申しわけありませぬ。このご恩は一生忘れませぬ」

「結果がどうなっても、柳沢殿を親の仇と思わぬと約束できるか」

釘を刺す左近に、知正は返事をしない。

泰徳が厳しい顔を知正に向ける。

「相手が悪すぎる。左近の言うとおりにしろ」

知正は、伏したまま言う。

「我が世の春を謳歌する柳沢様に敵うはずはありませぬから、仇討ちなど考えもいたしませぬ」

「我が世の春か……」

左近は苦笑いを浮かべた。

「はたしてそうだろうか」

「どういうことだ」

訊く泰徳に、左近は微笑むのみで答えない。

「それはさておき、せっかくだ、小五郎の店で一杯やらぬか」

「いいだろう。知正、お前も付き合え」

泰徳に言われて、まだ平伏している知正はその姿勢のまま下がった。

「おそれ多いことにございます」

「知正殿」

「はは」

「面(おもて)を上げよ」

素直に応じて顔を上げる知正に、左近は真顔で告げる。

「ここからは綱豊ではなく、浪人の新見左近だ。酒を飲みながら、象山殿の話を聞かせてくれ」

「浪人の、新見左近様……」

知正は嬉しそうな顔をした。

「そういうことでしたら、喜んでお供します」

四

翌日の夜、常盤橋(ときわばし)の柳沢屋敷では、一汁一菜(いちじゅういっさい)の夜食をとる柳沢の前に、二人の重臣が座していた。

左近が泰徳たちに述べたとおり、柳沢は今、信興を高家に推したことで立場が悪くなっていた。

不機嫌な様子で食事をとるあるじを、二人の重臣は黙って見ている。

おかずを取ろうとした柳沢は、食欲が失せたのか飯茶碗を置き、箸を揃えた。

側近の江越信房がすかさず口を開く。

「殿、また誰ぞに、嫌味を言われたのですか」

柳沢は江越に目を向け、譜代大名の名を出した。

その者は底意地が悪く、柳沢が不機嫌になるのを楽しんでいるかのごとく、武田家に恩返しができて、ご先祖もさぞお喜びでござろうと、薄笑いさえ浮かべて嫌味たらたらに述べたらしい。

将軍家の遠縁に当たる古株だけに、いかに柳沢といえども厳しく当たることはできず、黙ってやりすごすしかない。

悔しがる二人の重臣に、柳沢は告げる。

「悪い口を閉ざすには、信興殿の働きで桂昌院様が従一位を賜るしかない」

これには、家老の藪田重守が落胆した息をつく。

「それがしも同じことを考え、先般信興様に申し上げたのですが……」

言いよどむ藪田に、柳沢が厳しい顔をする。

「のらりくらりと、はぐらかされたか」

「大名と旗本の厳しい声に、すっかり自信を失われているご様子。信玄公の血を引かれているようには、とても見えませぬ」

「あの御仁は、気が優しすぎるのです」

こう述べた江越が、柳沢に顔を向ける。

「今福家の評判が地に堕ちたせいで信興様が高家に選ばれたという噂が広まりつつありますから、殿を悪く言う声は近いうちに消えましょう」

柳沢は江越を睨んだ。

「今福家の件、そのほうの仕業ではあるまいな」

「まさか、関わってはおりませぬ」

江越は真顔で否定するも、藪田は疑念の目を向ける。

「下手な小細工は、殿のお立場を悪くするだけだぞ」

江越は柳沢に両手をついて平伏した。

「心得てございます」

藪田は疑いを解かず問い詰めようとしたが、鶯張りの廊下が鳴り、座敷の前で小姓が片膝をついた。

「殿、上様がおなりでございます」

「何、この夜更けに上様がまいられただと」

「供のお姿もなく着流しの身なりでございますから、お忍びかと」

柳沢は舌打ちをした。

「悪い癖を真似るとは……」

藪田が小姓に問う。

「まさか藤色の着物をお召しではあるまいな」

「いえ……」

「つまらぬことを申すな」

柳沢は不機嫌な顔を藪田に向け、酒肴の支度を命じて羽織袴を着けると、書院の間に急いだ。

黒羽二重の袷を着流している綱吉の胸に葵の御紋はない。

柳沢はそれを見て、左近の悪い影響だと案じながらも、おくびにも出さず平伏する。

「上様、ようこそお越しくださいました」

綱吉は笑った。

「一人で夜歩きをするとは何ごとかと叱られると思うたが……」

「夜更けの急なお越しでございますゆえ、よほどのことではないかと、そればかりを気にしてございます」

「うむ。そちが申すとおりだ。面を上げよ」

「おそれいりまする」

　向かい合う柳沢に、綱吉は真顔で告げる。

「そのほうが城から下がって間もなく、綱豊がまいった」

　柳沢は綱吉の目を見た。

「何かよからぬ話ですか」

「悪いことではない。ただ、今福知正に家督を継がせるよう頼まれた。返答は後日すると申して帰したが、これについて、そのほうはどう思うか」

　城でもいいようなことをわざわざ問いに来たのはどうしてか。

　勘ぐる柳沢は、武田家への忠義をごまかすために己が今福家を貶めたのか、綱吉はそこを探ろうとしているのではないかと考えた。もしそうならば、ここで悪い評判がある知正の家督相続に同意すれば、逆に後ろ暗い気持ちがあると思われるのではないかという不安が浮かび、居住まいを正した。

「おそれながら申し上げます」

「うむ」

「評判の悪い者に家督相続を許せば、家臣どもに示しがつきませぬ。甲州様は甘うございますから、今福に泣きつかれたのでしょう。上様におかれましては厳しく臨まれ、他の家臣どもの気を引き締めたほうがよろしいかと存じます」

「綱豊は甘いか……。わかった」

酒も飲まず帰ろうとする綱吉が腹の底で何を考えているのかわからない柳沢は、慌てて引き止めた。

「上様、甲州様から、何か言上されましたか」

すると綱吉は、厳しい顔をした。

「気になることがあるのか」

「いえ。ただ、上様がお悩みになられるのは珍しいと思いまして」

綱吉は柳沢の顔を見据えていたが、

「遅うに邪魔をした」

答えず廊下に出た。

柳沢はそれ以上は何も問えず、見送りに出る。

物陰から密かに見ていた江越は、二人に見られぬよう下がる。その顔には、焦燥の色が浮かんでいた。

翌朝、江越は体調不良を理由に、登城する柳沢の供をせず、密かに藩邸を出た。知正の悪い噂を流した大黒屋源兵衛に会いに行くためだ。

店に入り、客間で二人になったところで、江越は切り出す。

「知正が綱豊を頼りよった。しばらく身を隠せ」

源兵衛は不機嫌な表情で対する。

「何を恐れておられるのです。武田家の再興を願っておられた殿様のためにしたのですから、堂々とお伝えして手柄にされればよろしいではないですか」

「そうはいかん。殿は曲がったことがお嫌いなのだ」

「手前は悪いことをしたとは思っておりませんから、身を隠すのはごめんこうむります」

まったく言うことを聞こうとせぬ源兵衛は、不機嫌な顔を横に向けた。

柳沢が将軍に睨まれていると言えるはずもない江越は、説得をあきらめて引き下がった。

仮病(けびょう)を使った手前、屋敷内の長屋で大人しくしていると、夜になって藪田が訪ねてきた。

「身体の調子はどうだ」

薬草を手に、見舞いに来たようではあるのだが、昨日とは違って表情が暗い。気になった江越は向き合って座し、藪田の顔を見た。

「殿に何かありましたか」

「何もおっしゃらないが、言葉少なで機嫌が悪い。これはわしの勘だが、上様は、殿が今福家を陥れたのではないかと、甲州様に言われたのではないだろうか。さもなくば、夜更けに一人で来られるわけはないと思うが、おぬしはどう思う」

探られている。

そう感じた江越は、源兵衛を使った己の浅はかさを棚(たな)に上げ、よからぬ考えを頭に浮かべながら返す。

「殿は上様から信頼されておりますゆえ、恐れることはありませぬ。万事、それがしにおまかせください」

「何をする気だ」

「甲州様がこれ以上いらぬことを上様に吹き込まぬよう、今のうちに手を打ちます」

藪田が鋭い目をした。

「噂の元である大黒屋を生かしておいて困るのは、殿ではのうてそなたではないのか」

「これもすべて、殿の御ためにござる」

藪田は、より厳しい顔をした。

「やはり、そなたが策を弄しておったか」

「まさか甲州様が出しゃばるとは思いもよらず……」

「勝手な真似をしおって。殿の耳に入れば、おぬし命はないぞ」

「そうならぬよう、始末するのです」

「このことはわしの胸にとどめておく。決してしくじるな」

「はは」

帰る藪田を見送った江越は、己の家来を集めた。

五

柳沢家の威光を笠に着ている大黒屋源兵衛を頼る者は多く、接待に応じて出かけたこの夜も、気分よく家路についていた。

「自前の駕籠に乗れるのも柳沢様のおかげ。そのご恩に報いて何が悪いと言うのだ」

などとうそぶき、口添えの謝礼にもらった小判の重みに顔をほころばせる。

そんな源兵衛を乗せた駕籠が人気の少ない通りに入った時、どこからともなく口笛が鳴った。それを合図とばかりに、寺の土塀の角から現れた五人が、まっすぐ走ってくる。

月明かりの下で顔を見ることはできないが、二本差しの侍たちだとわかった大黒屋の一行は塀際に寄り、道を空けた。

すると五人は一行を囲んで逃げ道を塞ぎ、一斉に抜刀した。

大黒屋が連れている七人は、いずれも腕に覚えのある者ばかりだ。

刀を向けられて恐れるどころか、夜道を歩く時は用心のために携えていた樫の棒を構えて対峙する。

「てめえら何者だ！」

手代が怒鳴るのに答えるはずもない曲者は、無言の気合をかけて斬りかかる。

棒で弾いた手代が腹を突いて怯ませ、一気に押し返す。

「ぎゃああっ！」

悲鳴をあげたのは、別の手代だ。

棒をすっぱりと切断され、腕に深手を負っている。

「野郎！」

負けん気が強い手代が大声を張り上げて棒を振り回し、相手を圧倒した。

そのあいだに駕籠から這い出た源兵衛は、二人の手代に守られながら逃げた。

「逃がすな！」

曲者の一人が声をあげ、二人が追ってきた。

源兵衛は、警固の手代が立ち向かっているあいだに走って離れ、辻番に駆け込んで助けを求めた。

辻番の番人はすぐさま表に出て、

「何をしておるか！」

と、大声を張り上げる。

曲者たちは逃げ去り、それを見た源兵衛は安堵し、緊張が解けると同時に腰を抜かした。

辻番の番人に小判を渡して店まで送らせた源兵衛は、怪我をした者たちのために医者を呼び、押し込みを恐れて夜通し明かりを絶やさぬよう命じると、盗賊に備えて造らせていた金蔵に入り、中から鍵をした。

裸一貫から財を築いた源兵衛は、妻子を持つのはわずらわしいと言って独り身を貫いている。

山と積まれた千両箱を眺めながら、襲った者は金目当ての辻斬りだと初めは思っていたのだが、冷静になってみれば、

「辻斬りにしては、身なりがよかった」

考えるまでもなく脳裏をかすめたのは、口封じだ。

柳沢の気難しげな恐ろしい表情が頭に浮かんだ源兵衛は、急に不安になり、頭を抱えた。

柳沢に睨まれれば命はない。

どうするか考えるうちに、だんだん腹が立ってきた。

「柳沢様のためを思うて動いたというのに、用がすめば殺そうというのか。馬鹿にしやがって」

唾を吐いて悔しがった源兵衛が次に頭に浮かべたのは、柳沢への仕返しだ。

「甲州様にすべて打ち明けてやろうか」

一度はそう考えたが、それでは気がすまないと思い策を練る。

そして、妙案をひねり出した源兵衛は、朝を待って金蔵から出ると、何ごとかを番頭に命じ、手代に千両箱をひとつ運び出させた。

支度がすべて終わったところで、大金を持って出かけた源兵衛が足を向けたのは甲府藩邸ではない。牛込御門内の、旗本屋敷が軒を連ねる一画に入ると、ひっそりとしている今福家の門をたたいた。

出てきた下男に名を告げ、強引に入った源兵衛の前に現れた知正は、手に持っている刀を今にも抜きそうな勢いだ。

「おのれ源兵衛、どの面下げて来おった」

「手前は脅されて動いただけなのです」

「黙れ！」

抜刀した知正から離れた源兵衛は、手代が置いた千両箱の前で平身低頭した。

「どうか、命ばかりはお助けください。すべては柳沢様の策です。手前はほんとうに、脅されて動いただけなのです。このとおり、このとおりでございます」

額を何度も地べたに打ちつけ、手を合わせて詫びる源兵衛の腹を読めない知正は、

「おのれ、柳沢め。やはり思ったとおりであったか」

歯を食いしばり、恨みに満ちた目をした。

「父の無念を、この手で必ず晴らしてくれる」

仇を討つと決める知正にばれないよう、源兵衛は平身低頭した顔に意地の悪い笑みを浮かべている。

「源兵衛！」

「はい」

笑みを消し、必死の顔を上げた源兵衛は、目の前に突き出された刀に息を呑む。

知正は厳しく告げる。

「打ち明けてくれたことに免じて、今日は命を取らぬ。だが、次にその顔を見た時は必ず首を刎ねる。死にたくなければ、この金を持って今すぐ江戸から去れ。わかったか！」

「ひっ」

これまで聞いたこともないような大声と気迫に命の危険を感じた源兵衛は、眉間に切っ先を近づけられて顔面を蒼白にし、慌てて逃げ帰った。

命からがら屋敷から出た源兵衛は、

「ああ、危ないところだった」

膝に両手をついて安堵の息を吐き、まんまと騙(だま)されて怒る知正の姿を思い出してほくそ笑んだ。

「騒動になれば、柳沢様はお困りになる。ざまあみろだ」

江戸から逃げる気でいる源兵衛は、千両箱を積んだ舟を待たせている神田川(かんだがわ)へ向かおうとしたのだが、いきなり後ろ頭を打たれて昏倒(こんとう)した。

千両箱を持っていた手代が、刀を向けられて息を呑み、あるじを置いて逃げていく。

気を失った源兵衛を見下ろしたのは、左近の命を受けて見張っていた小五郎だった。

いっぽう、悔しさに唇を嚙(か)みしめていた知正は、仏壇の前で両膝をつき、拳(こぶし)を畳に打ちつけた。

やはり、甲州様がおっしゃるとおりだった。父は柳沢のせいで死んだのだ。

恨みと怒りのあまり、知正は左近の言いつけが頭から吹き飛んだ。まだ家督相続の件も定まっていないというのに、父の念願を打ち砕(くだ)いた柳沢を討つという思いでいっぱいになり、刺し違えてでも討ち果たすと決めた。そして、夜明けを待った知正は、襷をかけて羽織で隠し、外へ走り出た。

毎日決まった刻限に登城する柳沢を襲うべく、屋敷から城までの道のりで人目が届かぬ場所に潜んでいた知正は、柳沢家の花菱紋を掲げる行列を認め、物陰で待ち構えた。

足音が近づくと鯉口を切り、目をつむって深呼吸をした。かっと目を見開いて抜刀し、通りへ躍り出る。

「柳沢保明！　父の仇！」

叫んで行列に迫る知正に、供の者たちが騒然となる。

前に立ちはだかったのは、江越だ。

「おのれ！」

斬りかかる知正の一撃を、江越は抜刀しざまに弾き上げ、反す刀を振るう。

下がってかわした知正は、打ち下ろした刀をそのままの姿勢で睨んでくる江越の剣気に圧倒されたが、正眼に構え、脇構えに転じて前に出る。

気合をかけて打ち下ろす一撃を、江越は真っ向からぶつかり弾き上げた。

戦国伝来の剛剣の遣い手である江越に力負けした知正は、手から刀を飛ばされ、慌てて脇差を抜こうとしたのだが、四方から供侍が飛びかかり、取り押さえられた。

「離せ！　離せえっ！」

知正が叫んで抵抗するも、両腕を取られ、背中を鞘の鐺で打たれた激痛に呻く。

目の前に立った江越が、無言で刀を振り上げて斬ろうとするが、待て、と駕籠から声をかけた柳沢に応じて、刀を納めて下がった。

駕籠から降りた柳沢が、知正の前に来る。

「そのほう、何者だ」

「貴様に貶められた今福象山の息子だ」

柳沢は表情を厳しくした。

「逆恨みをいたすな。身を滅ぼしたのは、己のせいであろう」

「違う！　わたしは……」

知正が大黒屋から聞いたと言おうとした時、江越が腹に鐺を突き入れた。

呻く知正を横目に、江越が柳沢に言う。

「このような手合いを相手にされてはなりませぬ。この場で素っ首刎ねてくれます」

ふたたび刀を抜く江越に、柳沢は厳しい目を向けて告げる。

「殺せば話が大きくなる」

「しかし……」

「江戸市中で仇討ちがあったと広まってはならぬ。このまま生かして江戸から遠ざけよ。二度とこのような真似をする気にならぬよう、利き手を落として解き放て」

赤穂浪人の動向を気にしている柳沢は、世を騒がせてはならぬと厳命し、徒歩で城へ向かった。

頭を下げて見送った江越は、待てと叫ぶ知正の頭を打って気絶させ、手足を縛って駕籠に押し込み、わずかな配下を連れてその場を離れた。

千住まで来たところで駕籠を止めた江越は、知正を引きずり出して意識を取り戻させ、足の縛めを解いて立たせた。

「あとはわたしがやっておく」

配下にそう告げて帰らせ、襟首をつかんで雑木林の中に連れて入る。

知正が言う。

「やはり柳沢は汚い奴だ。こんな人目のないところで殺す気か」

江越は薄笑いを浮かべるのみで何も答えぬ。

突き離された知正は転び、両手が縛られているためすぐには立てない。

腹這いになって膝をついたところに尻を蹴られ、顎から突っ伏した。

知正の背中を踏んだ江越が抜刀し、口を封じるべく背中を突き刺そうとした刹那、空を切って飛んでくる物を察して打ち飛ばす。

松の幹に突き刺さったのは手裏剣だ。

鋭い目を森に向ける江越の前に、筒袖の着物に裁っ着け袴を穿いた小五郎が現れた。

江越は油断なく対峙する。

「綱豊の忍びか」

刀を八双に構える江越に対し、小五郎は告げる。

「お前の悪事は、大黒屋源兵衛がすべて白状した」

江越は笑った。

「綱豊が知ったところで、柳沢家重臣であるわしに手出しができるものか」

「見くびるな」

「我が殿の邪魔をする者は、たとえ綱豊であっても消すまでよ」

江越は見くだした顔で小五郎に迫り、気合をかけて刀を真横に一閃した。

跳びすさる小五郎の動きを見切っていたかのごとく、猛然と突く。

横にかわした小五郎に対し、江越は右手のみで斬り上げた。腕を確実に斬ったはずが、小五郎は手甲で受け止めている。

舌打ちをした江越が肩を当ててくる。

飛ばされた小五郎は、地に手をついて後転し、着地する前に手裏剣を投げ打つ。

三本投げられた棒手裏剣を江越は弾き飛ばしたが、そのうちの一本が肩に刺さった。

すぐさま抜いて捨てる江越は、顔色ひとつ変えず刀を八双に構えて迫る。

忍び刀を抜いた小五郎は、一足飛びに江越に迫り、刀と刀がぶつかり、両者すれ違った。

江越は振り向きざま横に一閃し、小五郎の背中を斬った。だが、筒袖の着物に中身はなく、はらりと落ちる。

変わり身の術に気づいた江越は、はっとして見上げる。

「ぐわっ」

頭上から小五郎が打ち下ろした一刀で右腕を切断された江越は、呻き声をあげて下がり、片膝をついて苦しんだ。

　小五郎が捕らえようとすると、江越は左手で脇差を抜いて腹に突き刺し、続いて首筋をかき斬って自害した。

　目を開けたまま絶命した江越を、小五郎は忍びの頭目然（とうもくぜん）とした表情で見下ろし、刀を鞘に納める。そして、驚いた顔で見ている知正の縄を解いてやり、向き合った。

「煮売り屋の……」

　小五郎はうなずき、真顔で告げる。

「殿から言伝（ことづて）がある」

「甲州様から」

　知正は緊張し、訊く顔を向けた。

「残念だが、そなたの家督相続は認められなかった」

　知正は下を向く。

「柳沢様はほんとうに、大黒屋に指示をしていなかったのでしょうか」

「大黒屋は江越に命じられたと言ったが、今となっては確かめようがない」

「真相は藪（やぶ）の中ですか。ならば、家督を継げなくてもよろしいです。柳沢が今の立場にある徳川家の旗本などに、なりとうありませぬ」

　小五郎は、そんな知正に書状を渡した。

「綱豊様からだ」

　その場で開いた知正は、目を見張って小五郎を見る。

「甲府藩の京屋敷に行くよう書かれていますが、これはもしや……」

「慌てず最後まで読め」

　言われて目を通した知正は、目に涙を浮かべて、小五郎に嬉しそうな顔を向ける。

「甲州様の家来になれるのなら、喜んで行きます」

　小五郎は微笑んだ。

「殿にそう伝えておく。これは路銀と、当面の手当てだ。もうひとつ、大事な物を渡しておく」

　金箔の葵御紋が光る黒漆塗りの文箱を受け取った知正は、何かと問う顔を向ける。

　小五郎は告げる。

「京の屋敷に着いてから開けろ。それまでは決して封を切ってはならぬ。屋敷の荷物は我らがあとで送るから、この足で発て。江戸には決して戻るな」

「柳沢様を襲ったわたしに、どうしてそこまでしてくださるのですか」

「その箱を託されたお方と殿は、そなたの学問の才を見込まれたのだろう」

「わたしの……」

　知正は困った顔をした。

「そう言われると、気が引けます。父からたたき込まれたのは、宮中のしきたりや古い学問ばかりですから」

「まあ、よいではないか」

「このようなわたしが、甲州様のお役に立てましょうか」

「そう卑下するな。そなたにもできることはあるはずだ。生まれた家柄にも感謝して、自信を持て」

　知正は表情を明るくした。

「あなた様に言われると、なんだか元気が出てきました。まだお名前をうかがっておりませんでした」

「煮売り屋の大将でいいではないか。さ、人が来ぬうちに早く行け」

「いつかまた、お目にかかれますか」

「いずれな」

小五郎が促すと、知正は頭を下げ、京に向けて旅立った。

六

江越が行方知れずのまま日が過ぎていった。

知正に襲われたことは綱吉の耳には入っていないはずだが、その日を境に、柳沢はどういうわけか綱吉から遠ざけられており、屋敷にいることが多くなっていた。

家老の藪田は江越を捜索する許しを求めたが、柳沢はそれどころではない。綱吉の信頼を取り戻すべく、武田信興を桂昌院のために働かせようと、日々忙しくしていたからだ。

「捨て置け」

こう言われては藪田も動けず、さらに日が過ぎてゆく。

信興の名で朝廷に送る嘆願書(たんがんしょ)や付け届けの支度がようやく落ち着いたところで、柳沢は江越の捜索を許した。

藪田は配下から聞いていた森に人をやったが、手がかりになる物は何も見つけられず、江越は知正に斬られたのではないか、という心配の声も、いつしか出なくなった。なぜなら時を同じくして、大黒屋が店を閉めて江戸から姿を消したのが柳沢に伝わり、今福知正の悪い噂の件で江越の関与を疑っていただけに、

「あ奴らめ、わしの咎めを恐れて逃げたか」

柳沢が藪田にこう漏らしたのが大きかった。

家臣が主君の許しなく出奔したとなれば、討手を差し向けるのが武家の習いであるが、柳沢はそれをしなかった。

今福家を陥れた江越が黙って去るなら、それでいいと考えたからだ。

そして後日、柳沢が武田信興を通して朝廷に働きかけた甲斐があり、桂昌院に官位が与えられる運びになった。

屋敷を訪ねてきた武田信興から報告を受けた柳沢は、安堵の息を吐き、これで信興の立場は盤石だと、自分のことのように喜んだ。

綱吉から呼び出されたのは、信興とささやかな祝杯を上げていた時だ。

長男も呼ばれたと聞いた信興が言う。

「こたびの桂昌院様の件では、上様は大変お喜びだと聞いております。兵部殿も呼ばれたとなれば、大きなご加増があるに違いありませぬぞ。おめでとうござ

いまず」

「ならばよいのですが」

柳沢は、加増を疑わぬ信興が不思議そうな顔をするのに対し真顔で告げる。

「桂昌院様のことは、信興殿の手柄。それがしを召し出されたのは、別件でございましょう。では、ごめん」

武田家の子孫に対し低姿勢の柳沢は、急ぎ支度を整え、長男と共に登城した。

黒書院で対面した柳沢親子は、綱吉から、桂昌院の件で尽力したことへの感謝とお褒めの言葉を賜り、出羽守から美濃守に改めるよう告げられた。

そして、綱吉の吉の一文字を与えられ、保明は吉保、息子は吉里に名を改めた。

さらに、徳川家の本姓である松平の姓を使うことも許された。

これは徳川家の臣下にとっては大変な誉れであり、柳沢は驚き、吉里と共に平伏した。

喜びと感謝の口上を並べる柳沢に対し、綱吉はいささか不機嫌な表情になり、居合わせた幕閣たちを下がらせた。

上段の間から下り、正面であぐらをかく綱吉の態度の急変に、柳沢は身を硬くする。

「吉保」

「はは」

「余は、できうる限りのことをしたつもりだ。そのほうは徳川の臣下であるのを、胸に刻め」

柳沢は、褒美ではなく戒め、そして、柳沢家の立場を守る綱吉の心遣いであると知り、ひれ伏して告げる。

「身命を賭して、上様にお仕えいたしまする」

綱吉は満足そうな表情になり、柳沢の肩をぽんとたたいた。

「桂昌院様の官位宣下の使者をお迎えするにあたり、相談したいことがある。奥へまいれ」

「はは」

息子吉里を下がらせた柳沢は、珍しく喜びの感情を面に出し、綱吉に従って黒書院を出た。

こうして、翌元禄十五年（一七〇二）の二月、桂昌院は従一位を賜った。

左近はこの儀礼に呼ばれず、知らせたのは又兵衛こと篠田山城守政頼だ。

屋敷の自室で藩主としての仕事をこなしていた左近のもとへやってきた又兵衛は、不機嫌極まりない様子だ。

「殿を呼ばぬとは、無礼にもほどがある。これは明らかに、柳沢殿のいやがらせですぞ」

祝いごとに呼ばれなくてもまったく気にもとめていなかった左近は、そう怒るな、となだめ、書類に目を通す。

又兵衛は、そんな左近の呑気さに呆れたような顔をして、正面に座した。

「桂昌院様は藤原の姓も許されましたぞ。女性の最高位にふさわしい名です」

「我が世の春は、桂昌院様か」

左近がぼそりとこぼしたのを聞き取れなかった又兵衛は、耳に手を当てた。

「今、なんとおっしゃいましたか」

「独り言だ。気にするな」

又兵衛は手を膝に戻し、鼻息荒く言う。

「城では御三家をはじめとする譜代の大名が集まり、祝宴が催されております。その中で柳沢殿は、将軍家のご威光を笠に着て大きな顔をしておりましょう。今福家のことを思えば、まったく腹の立つことです」

左近は書類を置いた。

「そういえば、まだ言うておらなんだな」

「何をでござる」

「家督相続が許されず改易となった今福家の嫡男知正は、余が召し抱え、京の屋敷へ行かせた」

「はっ？」

又兵衛はあんぐりと口を開け、控えている間部詮房に顔を向けた。

知らなかった間部も、驚いた顔で首を横に振っている。

又兵衛は左近に、困ったような顔で言う。

「殿、そういう大事なことは教えていただかないと困りますぞ。改易になったとしても、元は上様の家臣ですから、おうかがいも立てず召し抱えれば角が立ちます」

「そのことなら案ずるには及ばぬ。上様には、許しを得ている」

「いつの間に……」

「上様の本音は、公家の出である今福家を高家に据えられたかったのだ。しかしながら、悪い噂がある者を高家につけるべきではないとの声が多く、結局のところはあきらめられた。そこで、今福家の血を引き、象山殿から宮中のしきたりを教え込まれている知正をうまく使う手はないかと、余に相談されたのだ」

又兵衛は驚き、身を乗り出して言う。

「まさか、甲府藩が召し抱えるのは形ばかりで、京に行った知正は、上様のために働いておるのですか。桂昌院様のご出世は、実は知正の働きによるものですか」

「象山殿がやり残したことであるからな」

含んだ笑みを見せる左近の心底を読んだ又兵衛は、愉快そうに笑ったものの、すぐ真顔になる。

「これはご無礼。本丸御殿で得意顔をしておった柳沢殿を思い出してしまいました。いやあ、殿もお人が悪い。柳沢殿が知れば、大恥をかかされたと激怒しますぞ」

「知正の働きが表に出ることはない」

又兵衛は不思議そうな顔をする。

「手柄をあげたというのに、何ゆえでございますか」

知正が柳沢を襲ったことを教えれば、又兵衛は召し抱えることを拒むはず。

「それは知らぬほうがよい」

左近は、不服そうな顔をする又兵衛に話を変える。

「それよりも柳沢殿のことだが、上様はこの先、うまく手綱を引かれるであろう」

又兵衛は得心した面持ちで応える。

「例の、褒美の件ですな。まったくお人が悪い」

「上様も、よい手を考えられた」

「知正についてもそうです。殿と上様は、仲がよいのか悪いのか、それがしにはわかりませぬ」

「桂昌院様のためにしたことではない。知正を埋もれさせたくなかったのだ」

又兵衛は納得し、また愉快そうに笑った。

間部が真面目な顔で言う。

「殿が祝宴に呼ばれなんだのは、柳沢殿に悟られぬためにとの、上様のお考えですか」

「それもあろうが、一番の理由は、桂昌院様の祝いごとだからだ。あのお方は、まだ余が将軍の座を狙っているのではないかと、疑われておるようだからな」

「どうも、都合よく使われているようで気に入りませぬ」

「そう言うな。こたびは知正が救われたのだ」

間部はそれ以上意見せず、左近に従った。

そこへ小姓が来て、廊下で片膝をつく。

「京の岩倉様から文が届きました」

取り次いだ間部から受け取った左近は、すぐに封を切った。

大石内蔵助が隠棲する家を突き止めて行ってみたが、住んでいたのはまったくの別人だったと書かれている。

さらに、京で岩倉が耳にした噂によると、元赤穂藩の者たちは内蔵助の女遊びに呆れ、まとまりを欠いているらしい。

「殿、岩倉殿はなんと」

急いて問う又兵衛に、左近は文を渡して言う。

「岩倉殿は、内蔵助本人の顔を知らぬので苦労しているようだ」

「女遊びをしておるなら、夜の町で調べればわかりそうなものですが」

「何せ一人だ。捜し出すのは難しいと思うが、堀部安兵衛たちが京に来ると信じて、もう少し逗留して内蔵助を捜し出すと言うておる」

又兵衛は文を読み進める。

「確かに、そのように書かれておりますな。それがしの手の者を手伝いに行かせましょうか」

「いや、又兵衛には引き続き、江戸を捜してほしい」

「承知いたしました」

「これまでどうだ。何か手がかりはないか」

又兵衛は表情を曇らせる。

「名を変えて住まいを転々としているのか、まったく足取りがつかめませぬ」

間部が左近に言う。

「これだけ捜して見つからぬのは、身分を偽って潜伏(せんぷく)しているとしか思えませぬ。これすなわち、仇討ちのくわだてがあるという証(あかし)ではないでしょうか」

「決めつけるのはまだ早い。赤穂の者たちはおそらく、亡き主君の弟大学(だいがく)殿が許されるのを待っているはずだ」

「浅野家のお家再興は、望みがあるのですか」

間部の問いに左近が答える前に、又兵衛が口を挟む。

「殿、浅野家のお家再興の件については、口を挟まれてはなりませぬ。今福家とは、わけが違いますぞ」

「わかっておる」

左近はそう言いつつも、胸の内では、浅野家を再興するよい手はないかと考えていた。それしか、安兵衛たちを生かす道がないと、思いはじめていたからだ。

第二話　古狸の影

一

「もうすぐ、菖蒲が咲きそうですね」

お琴は、開かれた屋敷の門内を見ながらそう言った。

この日、新見左近は久しぶりにお琴を誘い、岩倉具家の屋敷を訪ねた。

ずいぶん会っていなかった妻女の光代は、左近とお琴の訪問を喜んだ。

「お変わりなく。いえむしろ、ますますお美しくなられましたね」

お琴が言うのはお世辞ではなく、左近が同意すると、光代は謙遜しながらも明るく応じた。

「お琴様こそ、透き通るような肌でうらやましいばかりです」

まじまじと見られてお琴は笑い、まるで幼馴染み同士が再会したように話をはずませる。

黙って二人の話を聞いていた左近は、光代が茶菓を出してくれたところで居住まいを正した。

「長らく具家殿を京に逗留させてしまい、申しわけない」

改まる左近に慌てた光代は、頭を下げる。

「うちの人は、甲州様のお役に立てるのを何よりの喜びにしてございますから、わたくしも同じ気持ちにございます」

「そう言ってくれるとありがたい。だが、寂しい思いをさせている。具家殿から文は届いているのか」

「はい。新月と満月の頃には必ず」

月に二度と聞いて左近は驚いた。

「意外とまめな男だな」

笑う光代の髪を、お琴が気にする。

「その櫛は、京のお品ですか」

光代ははずしてみせた。

「昨日届いたばかりなのです。わたしには少し派手だと思うのですが」

「いいえ、よくお似合いです」

光代は嬉しそうにしながらも、疑うような面持ちで言う。

「うちの人は、これ幸いと、京のお座敷に通っているのではないかと思うのです」

茶を飲んでいた左近は思わず噴き出した。昨日届いた手紙に、女遊びをする大石内蔵助を捜すために、祇園や島原といった花街に通っていると書いてあったからだ。

驚いて見た光代に、左近は誤嚥だとごまかし、懐紙で口の周りを拭きながら言う。

「具家殿は、捜し人について何か言っていたか」

すると光代は、神妙な面持ちで答える。

「赤穂のお方には何人か会えたものの、肝心の堀部殿たちの居場所はまったくわからないと書かれていました」

左近はうなずく。

「具家殿には苦労をかけている。たった一人で、大勢人がおる京で隠れ暮らす者を捜し出すのは、米俵に交じった一粒の粟を見つけるよりも難しいと思う」

「されどうちの人は、あきらめてはおりませぬ」

そう言って微笑む光代に、左近も微笑んでうなずく。

光代の前に、お琴が風呂敷包みを置いた。

左近が言う。

「これはほんの気持ちだ」

「このようなことをされては、うちの人に叱られます」

「具家殿にではない。そなたにだ」

左近が言うと、お琴が包みを解いた。五反の反物はどれも、お琴が選りすぐった女物ばかり。

光代は恐縮しつつも、お琴から生地の話を聞いて喜び、左近に頭を下げる。

「上等な物をありがとうございます。遠慮なく、頂戴いたします」

さっぱりした心根が気持ちいい妻女だ。

左近は、岩倉を一日も早く江戸に戻すと約束した。

二

菖蒲の花が終わる頃になっても、岩倉具家は堀部安兵衛と奥田孫太夫とは出会えずにいた。

つい先日届いた左近の手紙には、江戸でも捜しているが、二人の影すら見えないと書かれていた。

江戸では、仇討ちの噂はすっかり消え、元赤穂藩士たちにはその気がないのだと思われているという。

だが左近は、探索に優れた小五郎や又兵衛をもってしても見つけられないのは、二人が江戸にいないか、いても密かに暮らしている、すなわち、仇討ちをまだあきらめておらず、これを止める手は、浅野大学によるお家再興なのだろうが、かなり難しいと思われる。浅野家中でこの人物ありと言われたほどの大石内蔵助が、急に女遊びをするというのも怪しいので、なんとか本人を捜し出し、真意を確かめてほしいと書いてある。

これに対し、岩倉もまったくの同感だった。

いったいどこにいるのか。

元国家老の大石内蔵助の動きが気になるという左近の手紙に応じて、岩倉は前にも増して夜の町へ出かけた。

「そこをなんとか頼む」

茶屋の者に粒銀をにぎらせて問うても、

「しきたりを破りますと、追い出されますよって」

どの店の奉公人たちも口を揃え、決して客の情報を漏らさない。ならば本丸を攻めようとばかりに、あるじと女将に身分を明かし、どうしても大石内蔵助に会わねばならぬのだと言っても、

「そうおっしゃられても、うちのお客はんではあらしまへんよってに」

こう返される。

はぐらかしているとわかっていても、花街の者の口は堅く、岩倉は自力で見つけるしかなかった。

夜ごと茶屋に出かけ、帰る客にそれらしき者がいないか捜していた岩倉だったが、顔を知らないのではどうしようもない。

途方に暮れた岩倉は、長らく逗留している旅籠、梅乃楽の女将である梅乃を頼ることにした。梅乃楽の向かいの松月という料理茶屋も営む梅乃であれば、他の茶屋にも顔が利くはずだが、頼もうとするたびにはぐらかされてばかりいたのだ。

こたびこそはと腹を決めた岩倉は、人を雇うようにと左近が送ってきた大金の一部を梅乃に渡し、顔が利く茶屋に網を張ってもらえぬかと持ちかけた。

「困りましたねぇ。前にも言いましたけど、よそ様のことはねぇ」

普段はよくしてくれる梅乃だが、祇園の茶屋のこととなると渋い顔をする。他の店の客の情報を漏らせば、梅乃が信用を失う恐れがあるからだ。

「そこをなんとか頼む」

岩倉が小判百両を差し出しても、梅乃はうんと言わぬ。

もう百両足したところで梅乃の眉(まゆ)がぴくりと動き、

「これがすべてだ」

合わせて三百両にしても首を縦(たて)に振らぬので、岩倉はがっかりした。

「わかった。他を当たろう」

広げた風呂敷に置いて差し出していた三百両を引き取ろうとすると、梅乃が風呂敷の端をつかんで離さぬ。

顔を上げた岩倉から目をそらした梅乃は、何も言わぬ。

岩倉が風呂敷を引く手に力を込めると、梅乃も引っ張った。

「どっちなのだ」

問う岩倉に、梅乃は困った顔をする。

「長く泊まっていただいている岩倉様の頼みをお断りするのは、どうもわたしらしくないと思いまして……」

「では、引き受けてくれるか」

「困りました」

「これでどうだ」

懐に忍ばせていた百両を積むと、梅乃はため息をついた。

「岩倉様には負けました。引き受けましょう。お代はこれで結構です」

百両だけ引き取る梅乃に、岩倉が不思議そうな顔をした。

「お前らしくない、ずいぶん欲がないではないか」

「これは前金です。大石様とお会いになられた時は、残りをいただきますから」

岩倉はうなずき、梅乃に頭を下げる。

「女将が頼りだ。よろしく頼む」

「わかりましたから、頭をお上げください」

慌てる梅乃に、岩倉は微笑んだ。

これまでいっさい応じてくれなかった梅乃だが、引き受けてからの動きは早かった。

祇園の茶屋で働く者たちに、どのように話を持ちかけたのかはわからないが、岩倉が何カ月かけても影すらつかめなかった大石の足取りを、わずか五日でつかんだのだ。

梅乃楽の二階で夕餉をとっていた岩倉のもとへ来た梅乃が、給仕をしていた仲居を下がらせて言う。

「たった今知らせが来ました。大石様が、白川筋のお茶屋で遊んでらっしゃるそうです」

岩倉は箸を置いた。

「茶屋の名は」

「口では言えませんから案内します」

店の名を表に掲げていない茶屋は少なくない。

「知る人ぞ知る場にいるとは、どうりで見つからぬはずだ」

岩倉はそう吐き捨て、梅乃に案内させた。

人目をはばかる梅乃が路地を急ぎ、白川を渡った。

「ここです」

示されたのは、言われなければ茶屋とわからぬ格子戸だ。

店の名もなく、どこにでもある町家のたたずまいなのだが、微かに三味線の音がしている。

「教えましたからね」

梅乃は人目をはばかり、岩倉が礼を言う間もなく足早に立ち去った。

首尾よくいけば、戻って残りの金を渡し、礼をしようと思った岩倉は、格子戸に手をかける。戸締まりはされていない。

ゆっくり開けて入った岩倉は、母屋の戸口に続く狭い石畳を歩んだ。腰高障子を開けると、明かりが灯された土間が奥に長く、足を進めるにつれて三味線の音が大きくなる。

茶屋の仲居が出てきて岩倉に気づき、歩み寄ってきた。

「おそれいりますが、お名前をお教えください」

客ではないと見ているのだろう、仲居は愛想笑いを浮かべながらも目が笑っていない。

「すまぬが人を捜している。上がらせてもらうぞ」

「困ります。あの、お客様」

仲居をどかせて座敷へ向かった岩倉だったが、どこにも客らしき者はおらず、三味線の音を頼りに奥へ行き、障子を開けた。するとそこには芸者が一人おり、三味線に合わせて舞っていた。

驚いた顔で舞うのをやめた芸者から視線を転じた岩倉は、屏風(びょうぶ)で見えぬものの、そこには大石がいるはずだと確信して座敷に入った。

「ご無礼いたす」

声をかけたが、そこには朱色(しゅいろ)の膳(ぜん)があるのみ。だが、先ほどまで確かに人がいた気配に、岩倉は別の障子を開けて廊下に出る。

あるのは闇ばかりで、潜(ひそ)んでいる気配はない。

岩倉は芸者に問う。

「大石内蔵助殿はどこだ」

「そのようなお名の旦那さんはいいしまへん。無粋(ぶすい)な真似(まね)はおやめください」

岩倉は引かぬ。

「すまぬ。ここに座っていた者はどこに行った」

「とうにお帰りにならはりました。わたしは舞(まい)の稽古(けいこ)をしていただけどすえ」

「客は大石殿か」

芸者は、言えるはずもないと笑う。

「そうだ。せっかくですから、舞を見ておくれやす。女将はん、旦那に新しいお酒をお願いしますぅ」

するとすぐ廊下から応じる女の声が返った。

どうやら表から入ったのを店の者に悟られ、大石を逃がしたに違いない。

近くにいるようで遠い存在の元赤穂藩士たちの動きに、岩倉は舌打ちしてあぐらをかき、芸者の酌を受けた。

「大石はんとおっしゃるお方をお捜しどすか」

白々しく問う女を見た岩倉は、渇いた喉を潤し、

「まるで煙に巻かれているようだ」

と嘆き、酌を求めた。

女将を呼んだ岩倉は、酒代だと言って小判を一枚置き、頭を下げて切り出す。

「また大石殿が来た時は、甲府藩主の使いの者が話をしたいと伝えてくれ」

女将は目を丸くした。

「甲府といえば、あの……」

「甲府宰相だ。聞いてくれるな」

厳しい目を向けると、女将は困った顔をする。

「もう二度と来られないかもしれません」

やはり来ていたのかと苦笑した岩倉は、女将に頼んだ。

「もしもまた顔を出した時は、梅乃楽に来るよう伝えてくれ。このとおり頼む」

頭を下げる岩倉に、女将は渋々ではあるが応じた。

これまで、他の茶屋でも同じように頼んでいたが、知らされたことは一度もない。女将の態度は曖昧で、期待はできぬと思いつつ茶屋をあとにした岩倉は、梅乃楽に帰るべく夜道を歩いていた。

ちょうちんを片手に細い路地を歩いていた時、右側の路地から苦しそうな声が聞こえたので足を止めて照らしてみると、こちらに背を向けてうずくまっている男がいた。

酔って吐いているのかと思い顔をしかめた岩倉は、明かりに振り向いた男の口が血に染まっているのを見て駆け寄る。

「おい、どうした」

男はしゃべろうとしたが咳き込み、側溝に顔を向ける。水が流れていない溝には血溜まりができていた。

岩倉は背中をさすってやった。

「胃の腑か、それとも胸を患っておるのか」

男は答えないが、ぜえぜえと苦しそうな息をするところを見ると、どうやら胸を患っているらしい。

岩倉は腕を取って肩を貸した。

「家まで送ろう」

「か、かたじけない」

立たせてはみたものの、男はまた咳き込んで足の力が抜けた。先ほどよりひどく咳き込み、気を失ってしまった。

岩倉は仕方なく男を担ぎ上げ、急ぎ梅乃楽に戻ると医者を呼ぶよう頼んだ。仲居に空いている部屋へ案内させて布団を敷かせ、意識が戻らぬ男を下ろして仰向けにさせた。

程なく来た医者に岩倉が経緯を伝えると、医者は男の脈を取り、続いて身体を診た。腹を押さえ、胸の音を聞き終えると、難しそうな顔で言う。

「胸を患っておられる。それも相当悪い」

「長くないのか」

問う岩倉に、医者は真顔でうなずいた。

「あと半年持てばよいほうかと……。無理をさせれば命取りですぞ」

医者がそう告げた時、男がうっすらと目を開けた。

「おお、気がつかれたか」

医者の声に、男が顔を向ける。

「ここは……」

「こちらの御仁が、お助けくだされたのです」

男が起きようとしたので、岩倉が止める。

「また咳が出るから寝ていなさい」

「もうだめかと思うておりましたが、おかげさまで……」

国のなまりがある男は、岩倉に礼を言おうとして咳き込んだ。

医者の助手が背中をさすってやり、薬を飲ませてやるといくぶんか楽になったようで、大きな息をついた。

朝昼晩飲むよう医者が告げると、助手が薬の袋を枕元に置いた。

男が懐から財布を出したので、岩倉が引き受けて治療代を渡した。

医者が帰り、二人になったところで男に問う。

「家族に知らせよう。住まいはどこだ」

「申し遅れました。拙者、米沢藩上杉家家臣の大林平右衛門と申します」

岩倉は驚いたものの、顔には出さぬ。

「ほう、上杉家の……。では、ご家族は米沢においでか」

平右衛門は涙ぐんだ。

「藩命で、妻子を国許に残して京に出てきたのですが、役目を果たせぬうちにこんなことになってしまいましたから、息子と妻の顔を見られそうにない」

「医者の言葉を……」

「聞きました」

「ならば、今すぐ国へ帰れるよう藩に頼むべきだ。わたしが伝えにまいろう」

平右衛門は首を横に振った。

「大事な役目がありますから、果たすまでは帰れません」

岩倉は問う。

「その身体で何をしようと言うのだ」

答えず、暗い顔をする平右衛門の様子から、赤穂と吉良に関わることだと察した岩倉だが、元赤穂藩士を捜しているとは言わず、起き上がれるようになるまで面倒を見てやることにした。

「遠慮なく、休んでいかれるがよい」

「かたじけない」

「粥を食べられるか」

「いえ、食欲はありません。少し、休ませていただきます」

そう言って目を閉じた平右衛門は、薬が効いたのか、程なく眠った。

「岩倉様」

梅乃に呼ばれて廊下に出ると、梅乃は袖を引いて別室に引き込み、小声で言う。

「聞きました」

「何を」

「決まっているじゃありませんか。あのご病人、上杉家のご家来ということは、大石様の敵でしょう？　お泊めしてよろしいんですか？」

岩倉も声音を下げる。

「今にも死にそうな病人を追い出すわけにはいかんだろう。起き上がれるようになるまで置いてやってくれ」

「岩倉様がそうおっしゃるなら、わたしはいくらでもいてもらって構いませんよ。でも、ただというわけにはいきませんからね」

「わかっておる。お代はわたしが払う」

「おおきに」

現金な梅乃は、おいしいお粥を作らせると言って下りていこうとしたので、岩倉が止める。

「わたしが頼んでいたことはどうなった」

「それをお訊きになるということは……」

「一足遅かったのか、それとも店の者が逃がしたのか、姿がなかった」

「そうですか」

「他の茶屋はどうだった」

梅乃は表情を曇らせ、首を横に振る。

「頼んでみましたよ。でも客の信用を失うようなことはしないと言われました」

「今は、そのようなことを言うておる場合ではないのだ。あきらめずに説得を続けてくれ」

「もちろんやりますとも」

明るく応じた梅乃は、階下に下りていった。

赤穂の者にとっては敵とも言える上杉家の者を看病することになるとは、皮肉なものだ。

そう思った岩倉は、苦笑いをして部屋に戻った。

平右衛門はその後も眠り続け、一夜が明けた。朝は気分がいいと言って粥を少しだけ食べ、薬を飲んだら藩邸に帰ると言うので、岩倉は駕籠(かご)を呼ばせたものの、平右衛門のことが気になった。

「ほんとうに、もう大丈夫なのか」

「薬を飲みましたから」

答えた平右衛門は笑みを見せるのだが、顔色は優れぬ。

ゆっくり立ち上がる平右衛門に肩を貸して階下に連れて下り、表で待っていた町駕籠に乗せてやろうとしたところ、またひどく咳き込み、苦しそうな様子を見せた。

「無理はいかん」

岩倉は二階に戻そうとしたが、平右衛門は手を振り払う。

「大丈夫です。岩倉殿、ご迷惑をおかけしました」

頭を下げた平右衛門は、駕籠に乗ろうとして、祇園の通りを歩く浪人者に目をとめた。

「知り合いか」

問う岩倉に、平右衛門は何も答えず駕籠を断り、浪人を追おうとする。

「おい、無理をするな」

岩倉が止めるのも聞かず、平右衛門は何かに引きつけられるように追っていく。

ひょっとすると赤穂の者かもしれぬと思った岩倉は、駕籠かきに酒手を渡して帰らせ、平右衛門のあとを追った。

祇園社の前まで行ったところで立ち止まった平右衛門は、商家の柱にもたれかかった。

駆け寄った岩倉が声をかける。

「大丈夫か。あの浪人者が気になるなら、わたしがかわりに行き先を突き止めてやるから、宿に戻っていろ」

そう告げて跡をつけようとすると、平右衛門が腕をつかんだ。

「いいのです。人違いでしたから」

言うと大きな息を吐き、肩を落とす。

咳をしたので、岩倉は背中をさすってやり、落ち着いたところで問う。

「藩命で、誰かを捜しているのか」

「はい」

「宿の女将は顔が広いゆえ、よければ名前を教えてくれ。わたしから訊いてやろう」

「では、お願いします。拙者が捜しているのは、堀部安兵衛殿。江戸では名が知られておりますが、上方ではどうでしょうか」

岩倉は驚いた。

何も言わぬ岩倉を見た平右衛門が、いぶかしそうな顔をする。

「いかがなされました」

岩倉は問う。

「おぬしは、堀部安兵衛殿の顔を知っているのか」

「ご存じのような口ぶりにも聞こえますが……」

「わたしは江戸で暮らしているからな。名前だけは知っている」

そうごまかすと、平右衛門は穏やかに目を細めた。

「拙者は、高田馬場の決闘があった時は江戸屋敷詰だったため、たまたま、あの死闘を見ました。実に見事な闘いぶりに、身震いがしたのを覚えております」

岩倉は、そう言ってうつむいた平右衛門の木綿の着物に目をとめた。黒色があせ、襟首がほつれて糸が垂れ下がっている。染め抜かれた家紋は血で汚れ、苦労が垣間見えた。

痩せて目が落ちくぼんだ横顔が、どこか寂しそうな表情に見えた岩倉は、周囲に耳目がないのを確かめ、思い切って問う。

「その身体で、堀部安兵衛を斬るつもりか」

平右衛門は厳しい表情をした。

「岩倉殿は事情にお詳しいようだが、いったい……」

「ただの浪人だ。京には、友のために人を捜しに来ている」

「かたちは違えども、拙者と同じですか」

「さよう。それゆえ、この京で人を捜し出す難しさは骨身に染みている。教えてくれ。疲れ果てたその身体で、本気で闘うつもりか」

「江戸のお方ならご存じでしょうが、浅野の殿様の件は、同情しております。ですが、先に立って吉良上野介殿を狙っている堀部殿を討てとの藩命には、逆らえませぬ」

隠さず堂々と告げるのは、上杉家中では、赤穂の者たちが悪人のように思われている証。

なんとしても止めなければならぬ岩倉は、冷静な口調で切り出した。

「はっきり言わせてもらうが、胸を患い、立つのがやっとの貴殿が勝てるとは思えぬ。藩邸に戻ろう。わたしが国へ帰れるよう頼んでやる」

腕を引いたが、平右衛門は拒んだ。

「高田馬場での闘いを見て以来、拙者は一人の剣士として、堀部安兵衛殿と一度立ち合うてみたいと思うて今日まで精進して生きてまいりました。闘って死ぬのは本望です」

岩倉は問う。

「堀部安兵衛が京におるのは確かなのか」

「間違いないかと」

どうやら平右衛門は、剣の腕を買われて京に送り込まれたらしい。

そう思うと、気になるのは刺客のことだ。

「貴殿はこれまでも、赤穂の者たちを襲ったのか」

平右衛門は無言で首を横に振る。

嘘かまことか見抜けぬ岩倉は、こうなったら平右衛門のそばにいて、上杉家の動きを探ってやろうと決めた。一人で動いている己よりも、上杉家のほうが赤穂の者たちの動きをつかんでいるのではないかと考え、大石や安兵衛たちに会える近道だと思ったからだ。

「ここで貴殿と出会ったのも神仏のお導きだ。放ってはおけぬから、堀部安兵衛殿を捜すのを手伝おう」

岩倉がそう持ちかけると、平右衛門は笑って首を横に振る。

「藩の方々と行動を共にするのを拒んだ手前、他人様の力は借りられません。まことに、ご迷惑をおかけしました。では、これにて」

平右衛門は深々と頭を下げ、通りに足を向けた。

見送っていた岩倉は、また倒れやしないかと心配になり、あいだを空けてついていく。せめて、上杉家の屋敷に入るのを見届けようとしたのだ。

ところが平右衛門は、上杉家の屋敷がある方角とは違う通りに曲がった。

ふらふらとした足取りでどこに行く気だと思いながらついていくと、平右衛門は途中で休みながら、一刻（約二時間）もかかって山科まで足を延ばした。そして田畑のあいだの道を抜け、森の中に入ったかと思うと木陰に身を隠し、古びた農家のような家を見張りはじめた。

岩倉は気づかれぬよう森に入り、ブナの大木に身を隠して平右衛門を見守った。

三

平右衛門は夜露に当たりながら、じっと家を見張っている。その粘り強さは、役目を成し遂げようとする強い意志の表れ。

岩倉は目を離さなかったが、さすがに二日目の夕方になると、空腹と喉の渇きでくじけそうになった。

見張っている家に人の出入りはなくひっそりしていて、空き家のように思えたというのもある。

平右衛門はというと、咳もしなくなり、目を仏像のように半開きにして、瞑想の中にいるかのごとく微動だにしない。その姿は、まるで木と一体化しているのかと思えるほどで、どこからともなく来た牡鹿が、目の前をゆっくり歩いて横切った。

岩倉は、死んでいるのではないかと心配になり、木陰から出ようとした。すると平右衛門が、岩倉を見もせず口を開く。

「どうやら、今夜も帰らぬようです」

岩倉は苦笑いをして歩み寄る。

「いつから気づいていた」

「鹿が岩倉殿のほうを見ましたから」

笑って言う平右衛門は、乾（かわ）いた咳をした。

岩倉は横に並んで問う。

「この家は、誰の物だ」

「赤穂藩の元国家老、大石内蔵助殿の隠棲（いんせい）場所です」

岩倉は目を見張った。ずいぶん前に大石が山科に隠棲しているとの噂を聞きつけ、なんとか家を探り当てたのだが、そこにはまったくの別人が住んでおり、赤穂の者が流した偽（にせ）の情報であったかと落胆していたのだ。

「確かなのか」

平右衛門はうなずく。

「突き止めた時には妻子の姿があったのですが、大石殿はまったく現れず、近頃は、妻子さえも見なくなりました」

「それではまったくの空き家ではないか。なぜ粘る」

「時々、赤穂の浪人たちが来るのです。あとになって知ったのですが、今年の二月には大勢が集まったらしく、堀部殿が来ていたかもしれません」

「また来ると信じて、こうして見張っているのか」

「はい。大石殿は周知しておらぬのか、先日も赤穂藩の者らしき浪人が来て、留守を知って肩を落としておりました」

岩倉は家を見た。夕方だというのに今日も炊事(すいじ)の煙は上がらず、人の気配がない。

「大石殿は、京におらぬのではないか」

岩倉が告げて顔を向けると、平右衛門は首を横に振った。

「まだいるはずです」

「なぜそう思う」

「ここを訪ねた二人の浪人が、いつになったら江戸にくだられるのだと話していたのを聞いたからです」

鹿も油断するほど気配を消している平右衛門だ。浪人たちはまったく気づかず、話しながら前の道を歩いたのだろう。

平右衛門の見張りの能力に舌を巻いた岩倉は、期待を込めて問う。

「大石殿は、京に妾(めかけ)を囲っていると聞いたが、そこは突き止めてはおらぬのか」

「五日前に行ってみましたが、そこも空き家になっておりました」

「それでも、大石殿が京にいると思うのか」

「夜遊びはされておられるようですからね」

確かに、平右衛門の言うとおりだ。

もぬけの殻になっていた茶屋を思い出した岩倉は、ひっそりとたたずむ家に不気味ささえ感じた。

隠れ家を変えているなら、そちらを捜したほうがよいのではないかと言おうとした時、突然平右衛門に腕を引っ張られ、大木の陰にしゃがまされた。

唇に指を当てて黙るよう合図した平右衛門が、道を指差す。すると、二人の百姓が大石の家に来て中を探り、いないのを確かめて立ち去った。

その二人の足の運びを見ていた岩倉は、百姓ではないと見抜いた。

「今のは忍びに思えるが、何者か知っているのか」

問うて顔を見ると、平右衛門は顔をしかめて答える。

「得体の知れぬ連中です。半月前に見張っていた時、ここを訪ねた赤穂の浪人らしき者があの二人に襲われました」

「それでどうなったのだ」

岩倉の問いに、平右衛門は浮かぬ顔で、道から少し入った場所にある一本の木を指差した。

「あの木に縛りつけ、大石の居場所を吐けと責め立てたのですが、知らぬとわかると、容赦なく命を奪ったのです」

岩倉は、木の根元の土が盛り上がっているのに気づいた。

「殺して埋めたのか」

「隠れ家に来る者たちに気づかれぬよう、そうしたのでしょう」

平右衛門はそちらに向いて手を合わせ、岩倉に言う。

「今日は、帰ります」

応じて肩を並べた岩倉は、歩きながら口を開く。

「やったのは吉良の手の者か」

平右衛門は前を向いて答えない。

「上杉家が動いているのだな」

曇った表情から察して言う岩倉に、平右衛門はため息をついた。

「藩の者ではありませぬ。我らがなかなか大石殿を見つけられぬのに業を煮やした重臣のどなたかが、送り込んだ輩ではないかと」

「金で雇った刺客というわけか」

「あくまで、拙者の憶測にすぎませぬが……」

「まずいぞ。その者たちに先を越されれば、大石殿の気持ちに火をつけ、仇討ちを決意させるのではないか」

平右衛門は、またため息をついた。

「拙者もそう思います」

岩倉は顔をしかめた。

「刺客を斬らねばならぬな」

平右衛門は足を止め、岩倉を見てきた。

「あなた様はもしや、赤穂のお方ですか」

「なぜそう思う」

「浅野家のご家中は、仇討ち派とそうでない者とで割れていると聞きましたもので」

岩倉が答えずにいると、平右衛門は一歩近づいて続ける。

「どうであれ、あなた様と闘うつもりはありませぬから、正直に教えてくれませぬか」

岩倉は足を進め、横に並んできた平右衛門に言う。

「わたしは赤穂の者ではない。友のために、大石内蔵助殿を捜している。仇討ちをあきらめさせるためにな」

「そうでしたか」

「だが、一人では難しいと痛感している。果たせぬかもしれぬ」

平右衛門は前に出て振り向き、足を止めた。

「お助けいただいたお礼に、大石殿について何かわかればお知らせします」

「無理をするな」

「いえ、休んでいても先が見えていますから、動けなくなるまで捜します。では、拙者はここで」

頭を下げた平右衛門は、別の道に去っていった。


その後、平右衛門からの連絡が絶えたまま季節が流れた。

京の地で二度目の秋を迎えたというのに、岩倉は大石と安兵衛たちを見つけられずにいた。

今日も手がかりを捜して歩き回っていた岩倉は、何もつかめぬまま梅乃楽に戻り、夜の祇園に大石が現れるのを期待して待っていた。

酒肴を持ってきた女将の梅乃が、申しわけなさそうに言う。

「今日こそはと思っているのですが、お越しになられているのかいないのか……。ほんとうに、祇園の茶屋の連中は、とぼけるのが上手なんです」

「気長に待つさ。これで、引き続き頼む」

甲府藩の京屋敷から先日送られてきた小判のうち十枚を差し出すと、梅乃は遠慮なく受け取り、

「うちに来てくれはると、話が早いのに」

などと言って、自分が営む茶屋に戻るべく座敷を出ていった。階下に下りたかと思うとすぐに戻ってきて、明るく告げる。

「お客さんです。この前の、大林様」

梅乃の後ろから顔を出した平右衛門に、岩倉は笑顔で応じたものの、すぐに真顔になった。しばらく見ぬあいだに頰がこけ、ずいぶん痩せていたからだ。

「大丈夫か」

「まだ動けます」

平右衛門は笑顔でそう言い、座りもせず告げる。

「たった今、大石殿が妾を囲っていると思われる家を人から教えてもらいました。

共にどうかと思い誘いに来たのです」

「行こう」

岩倉は刀をつかんで帯に落とし、平右衛門の後ろに続いて段梯子を下りた。

案内されたのは、鴨川を渡ってすぐのところにある、町家が建ち並ぶ一画だ。

「こんなに近くにいたのか」

岩倉が言いながら路地を歩いていると、平右衛門は格子戸の前で立ち止まった。

「ここです」

戸の奥を見ると、石畳が表の出入り口まで続いている。だが、左右に置かれている植木鉢の花は枯れて茶色になっていた。

「人がいるとは思えぬが」

平右衛門と中に入ってみると、岩倉が言ったとおり人はおらず、部屋は片づけられていた。

「一足遅かったか」

岩倉がそうこぼすと、平右衛門が首を垂れた。

「お連れする前に確かめるべきでした。お許しください」

岩倉は台所に行き、釜の蓋を取った。釜はきれいに洗われており、米櫃にも一粒の米も残っていない。

「この場所を知ったのはいつだ」

「半刻（約一時間）ほど前です」

「山科で見かけた輩がここを突き止めたのかもしれぬぞ」

平右衛門は驚いた。

「連れ去られたのでしょうか」

「争ったような跡はないから違うだろう。大石殿は住まいを転々としているか、あるいはそう見せかけているか……。いずれにせよ用心深い男だ」

「拙者の同輩たちも、そう申しておりました」

「上杉家の者は、逆に見張られておるかもしれぬぞ」

「確かにおっしゃるとおりかもしれませぬ」

「ここに用はない。帰るとしよう」

「まことに申しわけござらぬ」

「そうあやまるな。これに懲りずまた頼む」

岩倉はそう言って家から出ると、平右衛門と別れて祇園に向かった。

茶屋が並ぶ通りから路地を回っていると、前から編笠を着けた侍が歩んできた。

右に寄ってすれ違おうとした岩倉だが、相手が前を塞ぐ。

「先ほど、大石の妾の家に行ったな」

そう言われて、岩倉は相手を見た。

「上杉の者か」

「………………」

男は答えず、軒行灯の明かりに照らされる岩倉に鋭い目を向けている。

「勘違いいたすな。わたしは赤穂の者ではない。そこをどいてくれ」

岩倉が告げても男は譲らず、背後から二人加わってきた。

肩越しにその者たちを見た岩倉が、前を向いて言う。

「話が通らぬところを見ると、さては上杉家家中の者ではなく、金で雇われた者たちだな」

「黙れ、以前、我らの邪魔をしたのを忘れたとは言わせぬ」

背後で言った者の顔を確かめた岩倉は、敵意をむき出しにするのを見て納得した。なぜならこの者たちは、元赤穂藩士の児島祥太郎が四条の橋の上で曲者に襲われていたのを岩城泰徳が助けた時、逃げ去った者たちだったからだ。

「なるほど、そういうことか」

岩倉は敵意に応じて、仕方なく刀の鯉口（こいぐち）を切った。

三人は間合いを取り、抜刀（ばっとう）する。

路地の板塀に背中を向けた岩倉は、柄（つか）に手をかけて言う。

「刀を引かぬなら、鬼法眼流（きほうがんりゅう）が受けて立つ」

「待て！」

怒鳴ったのは平右衛門だ。路地を走ってくると、三人に告げる。

「拙者は上杉家の者だ。三名とも刀を引け」

「問答無用！」

一人が叫び、仲間の仇（かたき）とばかりに岩倉に向かってくる。

だが、刀を振り上げた刹那（せつな）に目を見開いて動きを止め、呻（うめ）き声を吐いて横向きに倒れた。岩倉を助けるために、平右衛門が斬ったのだ。

「おのれ！」

叫んだもう一人が、平右衛門に斬りかかった。

袈裟斬（けさぎ）りに打ち下ろした刃（やいば）をかい潜（くぐ）った平右衛門は、相手の胴を斬る。そして、倒れる相手を見もせず、残った一人に鋭い目を向け、右手に刀を提（さ）げて対峙（たいじ）する。

その堂々たる姿は、とても病人には見えぬ。

剣気に押された曲者は下がり、きびすを返して走り去った。

平右衛門の剣技に、岩倉は驚いていた。自分は勝てるだろうかと思うほどの遣い手だったからだ。

「上杉の手の者を斬れば、おぬしの立場が悪くなるのではないか」

岩倉が背中に声をかけると、平右衛門は背中を丸めて咳き込み、振り向いた。

先ほど見せた剣客の相貌ではなく、穏やかな笑みを浮かべる。

「国家老に、邪魔をするようであれば排除する趣旨の訴状を送り、許しを得ておりますゆえ、ご案じめさるな」

嘘をついているようには見えぬ岩倉は、この男を堀部安兵衛と立ち合わせてやりたいと思った。剣を遣う者としての血が騒いだのだ。

騒ぎを聞いて出てきていた店の者に金を渡した岩倉は、事情を告げようとしたのだが、その前に平右衛門が口を挟んだ。

「拙者は米沢藩上杉家家臣の大林平右衛門だ。この者どもは凶悪な物取りゆえ、やむを得ず成敗した。自身番にさよう伝えてくれ」

「上杉家家臣の大林……」

「平右衛門だ。よろしく頼むぞ」

「はは、承りました」

店の者が走っていくのを見届けていた岩倉は、平右衛門に腕を引かれてその場から連れ去られた。

「京の役人は小うるさいですから、あとは拙者におまかせくだされ」

「おぬしとて、吟味されるぞ」

「京屋敷の留守居役に、うまくやっていただきます。では、ごめん」

表の通りを帰っていく平右衛門の足取りはしっかりとしており、岩倉は安心して梅乃楽に戻った。

四

薄暗い、牢獄のような座敷の鴨居から縄が垂れ、腰巻だけにされた女が吊るされていた。

首を垂れ、ほどけて畳に届いている髪は濡れており、女は苦悶に満ちた顔で荒い息をしている。

その女の前に、白髪を肩まで垂らした男が立った。

これまで拷問していた者が頭を下げ、短刀を差し出す。

受け取った男は、女の黒髪をわしづかみにして顔を上げさせた。

女は恐怖に満ちた表情で、涙を流す。

「お願いです。助けてください」

「大石内蔵助は、どこにおる」

「ほんとうに、知らないのです」

男が喉をつかみ、女は苦しみもがいた。

気を失ったところで、手の者が水をかける。

意識を取り戻した女は、力なく訴える。

「う、嘘じゃ、ありません」

芸者化粧が水に溶け、首から胸に流れた。

女に顔を近づけ、怯(おび)えた目を見つめた男は、唇に笑みを浮かべて抱き寄せると肩に担ぎ、吊るしている縄を切って下ろしてやった。

座る女に着物をかけてやり、襟をつかんで引き寄せる。

「手荒な真似をして悪かった。手の者は、仲間を殺されて気が立っておるのだ。今日のところは帰してやるが、お前が大石内蔵助の座敷に呼ばれるのはわかっている。死にたくなければ、次に声がかかった時はすぐに知らせろ」

「必ず……」

女は鼻をいきなりつままれ、眉間に皺を寄せた。

「大石を逃がせば、この鼻を削ぐからな」

男はそう告げて離れ、手の者を連れて座敷から出ていった。

一人残った女は、震える手でなんとか着物を着ると、髪をひとつにまとめて廊下に出て、三味線の音と宴のにぎやかな声が聞こえる中を逃げるように歩み、茶屋の外へ出た。

ついた見張りに気づく余裕もない女は、泣きながら置屋へ帰っていく。

茶屋の別の座敷では、女将とあるじが男の前にひれ伏し、命乞いをしている。

男は短刀を振り上げ、伏している女将とあるじのあいだに突き刺した。

悲鳴をあげてのけ反る女将を、男が睨む。

「我らには、茶屋の都合などどうでもよい。大石が何を話し、何をしようとしているのか、包み隠さず話せ」

これにはあるじが答える。

「大石様は、しばらく京で羽を伸ばしたあとは有馬に移り、終の棲家にするとおっしゃっておりました」

「嘘ではあるまいな」

「はい。はっきりと、この耳で聞きました」

告げてひれ伏すあるじを見据えた男は、女と同じく、次に大石が来れば知らせるよう命じて下がらせ、膳の杯を取って手の者に酌をさせ、一息に飲み干した。

そして、そばに控えている眼光が鋭い手下に向く。

「大林平右衛門の居場所はわかったのか」

「いえ」

男は苦い顔で杯を投げ置き、手下を見る。

「早々に見つけ出せ。この鬼子尾の邪魔をするとどうなるか、思い知らせてやる」

手下は驚いて問う。

「上杉家の者に手をくだすとおっしゃいますか」

「我らは、その上杉の重臣に雇われておるのだ。赤穂側の者を捕らえようとした二人を斬った平右衛門は、上杉に背いたに等しい。違うか」

「確かにそのとおりかと」

「ただちに居場所を突き止めよ」

「はは」

側近の男は、手の者を連れて出ていった。

一人で酒を飲んだ鬼子尾は、鋭い目をして立ち上がり、宿にしている寺へ帰っていった。

追っ手がついたのを知らぬ平右衛門は、今日も山科に来て、例の家を見張っていた。

しばらく出入りがなかった家に三人の浪人が来たのは、昼を過ぎた頃だ。その中に安兵衛の姿はない。が、大石の妻女に仕えていた者がいるのに気づいた平右衛門は、抜かりなく、出てくるのを待った。

程なく現れた三人のうち、平右衛門が知る背の低い男は、来る時には持っていなかった風呂敷包みを背負っている。

大石か妻女の、残っていた荷物を取りに来たに違いないと考えた平右衛門は、去っていくのを見送り、あいだを空けて跡をつけた。

町中に戻った三人は、鴨川のほとりで別れた。

迷わず背の低い男を追う平右衛門は、路地に入るのを見届けてうなずいた。なぜならそこは、目星をつけて何度も調べていた町家が並ぶ場所だったからだ。

「わしの目に狂いはなかった。間違いない、大石内蔵助はここのどこかにいる」

堀部安兵衛も必ずいるはずだと、胸を躍らせた平右衛門は、同時に緊張し、流れる汗を拭いながら、男のあとを追って路地に駆け込んだ。

子供たちが遊ぶ路地に、男の姿はない。

「しまった」

あいだを空けすぎたと焦り、三叉路まで行って右に入ると、先は袋小路になっていた。左右に三軒ずつ並ぶ家を順に訪ねてみたが、どの家も幼い子供を抱えた町の者で、武家らしさはまったくない。

戻った平右衛門は、他の家も一軒ずつ当たってみたが、武家らしき者は一人もいない。

ほんの少しのあいだにどこに行ったのか。

平右衛門は、路地の先にある、空き家と貼り紙がされた家に目をとめ、足を向ける。

表の戸を開けると、土間の奥にある勝手口が少しだけ開き、日が差し込んでいた。

気づかれていたのだと察して中に入り、勝手口を開けて外に出てみる。裏手の路地に出るための潜り戸を開けようとしたが、外から細工がされているのかびくともしない。

蹴破ってみると、そこは路地ではなく、隣家の裏庭だった。

着物の両肩をはずし、盥で洗髪をしていた若い女がぎょっとして、悲鳴をあげた。

「すまん！　間違えた！」

慌てた平右衛門は戸を閉めようとしたが、蹴破っているため蝶番がはずれて落ちた。

「誰か！」

叫ぶ女にたじろいだ平右衛門は、急いで逃げた。

その後ろ姿をじっと見ていた女が、くすりと笑う。

「行きましたよ」

声をかけると、隠れていた男が出てきて、頭を下げる。

「市菊姐さん、恩に着ます」

「いいんです。それよりも、大石様にくれぐれもよろしく」

はんなりと言われて、男は鼻の下を伸ばしながら応じ、去っていった。

髪を拭きながら見送った市菊は、どこか寂しそうな顔をして、ため息をついた。

「恩に着ると言っても、返せないくせに」

表の通りに出た平右衛門は、背後から出た大石の家来が別の道へ走るのに気づかず、安兵衛を捜すために、近辺の町を歩いてみることにした。

男には逃げられたが、大石は必ずこの近くに潜んでいると思ったからだ。

安兵衛もいるとは限らないが、平右衛門は漠然と期待していた。

「必ず会える」

自分を奮い立たせて町を歩き、行き交う男の顔を見ていた平右衛門の目にとまったのは、安兵衛ではなく、鬼子尾の手の者だ。

相手は二人。こちらを見据え、歩みを進めてくる。

平右衛門が二人斬っているだけに、仕返しする気に違いない。

往来で斬り合いになれば厄介なことになる。

舌打ちをした平右衛門は、人混みに紛れて逃げようときびすを返し、足を速めた。

追っ手が走りはじめたのを見た平右衛門は、己も走り、物見遊山の人が多い四条へ行き、逃れようとした。

だが、四条の橋を渡りきる前に胸が苦しくなり、咳が出はじめた。

それでも足を止めぬ平右衛門は、路地の小店に列を作る人を割って潜り込み、しゃがんで身を隠した。

「どこに行った」

「捜せ」

列の向こうで男たちの声がして、遠ざかってゆく。

迷惑そうな顔をしている女たちに片手を立てて詫びた平右衛門は、追っ手とは逆の路地に入り、高台寺を目指した。岩倉が世話をしてくれた医者が、寺の近くに暮らしているからだ。

薬さえ飲めば楽になる。

苦しい胸を押さえ、咳をこらえながら歩んでいたが、途中で息が切れてしまい、商家の壁に寄りかかって休んだ。

目が霞み、意識が遠くなる頭を振った平右衛門は、大きく息を吸って、また歩きはじめる。すると、前を向く平右衛門の視界に、追っ手の姿が映った。

平右衛門は、後ずさりして別の路地に入り、長い板塀の先に目を向けて足を進めたのだが、行く手を塞ぐ者が現れた。

濃緑(こみどり)の裁(た)っ着(つ)け袴(ばかま)に、筒袖(つつそで)を着けた白髪の男は、壁に寄りかかった平右衛門を見て薄笑いを浮かべたが、すぐさま真顔になり、腰に下げている大刀の鯉口を切った。

五

「では、くれぐれもよろしく頼む」

茶屋の女将に大石の情報をくれるよう頭を下げた岩倉は、迷惑そうな顔をされても気にせず、表の戸を閉めた。

「江戸に帰ったら、左近にたっぷり酒を飲ませてもらおう」

友のためと自分に言い聞かせ、まだ訪ねていない茶屋に行こうとした時、路地から血相を変えた女が出てきた。

浴衣姿(ゆかたすがた)で薄化粧の女は、このあたりの置屋で暮らす者だと一目でわかった。

二本差しの岩倉を見るなり、駆け寄ってくる。

「そこで斬り合いです。病人を相手に大勢が……」

病人と聞いた途端に、岩倉は女が出てきた路地に走った。

気合をかけて斬りかかる曲者の一撃を受け止めたのは、思ったとおり平右衛門だった。

平右衛門は相手を斬り、二人倒したようだが、まだ五人もいる。

岩倉は声をかけるより先に脇差を抜き、平右衛門の背後を狙う者めがけて投げ打った。

背中を貫かれた曲者が悲鳴をあげて倒れ、白髪の男に指図された二人が岩倉に向かってくる。

岩倉は抜刀し、斬りかかってきた相手の刃をかわして斬り進む。

二人目が気合をかけて打ち下ろした一刀を受け流し、背中を片手斬りにすると、倒れる相手を見もせず平右衛門のもとに向かう。

その岩倉の前に、目つきが鋭い男が立ちはだかった。

「どけ！」

岩倉は刀を一閃するも、相手は受け止め、鍔迫り合いに持ち込んで押し返す。

肩透かしを食らわせた岩倉が袈裟斬りに打ち下ろす一刀を、男は下がってかわし、正眼に構えて猛然と迫る。

岩倉は、刀を振り上げた男の間合いに飛び込んで一撃をかい潜り、胴を斬り抜けた。

男の呻き声を聞きながら、平右衛門を助けに走る。

まさにその時、鬼子尾が甲高い気合をかけ、恨みの剣を振るった。

受け止めた平右衛門だが、力負けして押さえ込まれ、片膝をつく。その頭上に、鬼子尾の刃が迫る。

「裏切り者として、お前の首を米沢城下にさらしてくれる」

告げた鬼子尾が力を増した。

だが、刃が平右衛門の額に当たる寸前で止まった。鬼子尾の切っ先が、板塀に当たったのだ。

苛立ち、血走った目を見開いた鬼子尾が刀をふたたび振り上げた。気合をかけて打ち下ろさんとした一瞬の隙を、平右衛門は逃さぬ。

「うっ」

下から突かれた鬼子尾は、心の臓を貫かれて目を見開き、刀を落とした。

鬼子尾と共に倒れた平右衛門を、岩倉が助け起こす。

ひどく咳き込んだ平右衛門は、血を吐いた。

「しっかりしろ！」

苦しむ平右衛門を横にさせた岩倉は、背中をさすって声をかけ続けた。

「今助ける。医者を呼ぶから待ってろ」

「か、かたじけない……」

苦しそうに言った平右衛門は、はっとした顔をして指差す。

「あそこに、堀部安兵衛殿と、大石内蔵助殿がおられます」

岩倉は驚いて振り向いた。すると、集まっていた野次馬の後ろで背を向ける侍たちがいた。岩倉が顔を見る前に立ち去る二人の侍を、平右衛門は追おうとして立ち上がったのだが、先ほどよりも大量の血を吐いた。

倒れるのを受け止めた岩倉は、野次馬の男たちに助けを求め、戸板に乗せて梅乃楽に運んだ。

前と同じ医者が来た時、平右衛門は意識が朦朧（もうろう）として、問いかけに対する答えもろくにできなくなっていた。

胸の音を聞いた医者が、岩倉に険しい顔で首を横に振ってみせた。

「おい、平右衛門、しっかりしろ。堀部安兵衛を見つけたのではないのか。立ち合うのであろう」

「おそらく、幻（まぼろし）かと」

医者が小声で告げたが、岩倉は聞かぬ。

「平右衛門、堀部安兵衛を捜しに行くぞ。起きろ」

声に応じて大きな息を吐いた平右衛門が、うっすらと目を開け、岩倉を見て微笑んだ。先ほどまでの、苦しそうな様子は消えている。

医者が驚いた顔をして、胸の音を聞く。

平右衛門が口を開いたので、岩倉は耳を近づけた。

「もはや、拙者では相手になりませぬ。唯一の心残りは、今一度、息子の顔を見たかった……」

そう言い残して、こと切れてしまった。

閉じた目尻から一筋の涙が流れるのを見た岩倉は、手をつかみ、力を込めてうつむいた。

「女将」

「はい」

応えた梅乃は涙声だ。

岩倉は顔を上げて告げる。

「平右衛門殿を妻子のもとへ帰してやりたい。上杉の京屋敷へ運ぶ手はずを頼む」

快諾した梅乃は、四人の男を手配してくれた。

平右衛門の亡骸を布団ごと下ろして荷車に乗せ、三条の上杉家京屋敷に向かった。

門番は、平右衛門が死んで戻ったことに驚き、表門ではなく裏門から入るよう告げた。

「こちらでお待ちを」

門番に示されるとおり、荷車を門内へ入れたところで、岩倉は四人の男たちに酒手を渡して帰した。

荷車の傍らで待つこと四半刻（約三十分）。ようやく、家中の者らしき中年の侍が出てきた。

渋い顔で歩いてきた男は、留守居役だと告げただけで名は言わず、荷車で眠る平右衛門を忌々しげに見つめた。

「こ奴は裏切り者だ。屋敷に入れるわけにはいかぬ。これで、無縁仏としてどこぞに葬っていただきたい」

弔いの手間賃だと言って袱紗包みを差し出された岩倉は、受け取らずに留守居役を見据えた。

「手の者が何を言ったか知らぬが、ことの発端は、その者らが勘違いをしてわたしを襲ったからだ。平右衛門殿は、裏切り者などではない」

留守居役は、明らかに動揺した。

「貴殿は、ご公儀のお方ですか」

「違う。が、赤穂の者ではないのは確かだ」

「大林とは、どのようなご縁がおありか」

「平右衛門殿が血を吐いて倒れたところへ、たまたまわたしが通りかかって知り合うたのだ。平右衛門殿は、重い病にもかかわらず、藩命を果たすため堀部安兵衛を捜し回っていたというのに、逆恨みをした者どもが襲いかかったのだ。そのせいで寿命が縮まった。さぞ、無念であったろう」

「さようでございましたか。それで、襲うた者たちは……」

「斬った」

「なんと」

「仕方なかろう」

「まさに……」

「平右衛門殿は、藩命を果たそうとして命を落とした。裏切り者などではない」

「はい」

「息子の顔を見たかったと言い遺された。遺骨を、妻子のもとへ帰してやってくれ」

頭を下げる岩倉に、留守居役は目を赤くして応じた。

「必ず、連れて帰ります」

岩倉は安堵し、平右衛門に手を合わせた。

「よかったな、平右衛門殿」

胸の内で告げ、屋敷をあとにした。

六

赤穂の旧臣たちのせいで平右衛門が無念の死を遂げたと、複雑な思いに駆られた岩倉具家だが、辛い気持ちを呑み込んで、来る日も来る日も大石たちを捜し歩いた。

医者は、意識が朦朧とする平右衛門が見た大石と安兵衛は幻だと言ったが、ほんとうに見たのかもしれぬと思った岩倉は、斬り合いをした場所を中心に捜したものの、見つけられぬまま、ひと月が経とうとしていた。

それでもあきらめず、明日も捜すと決めて、夜道を梅乃楽に引きあげた。

部屋で夜食をとっていると、女将の梅乃が来た。

息を切らせる梅乃に、岩倉は箸を止めた。

「そんなに慌ててどうしたのだ」

気が焦りすぎて言葉が出ない梅乃は、外を指差した。

「早く」

「何を」

「ですから、お捜しの大石内蔵助様のことです。派手に遊んでらっしゃるという知らせが……」

「それを先に言わぬか」

岩倉は刀をつかんだ。

「どこの茶屋だ」

「お一人では入れてもらえませんから、わたしも行きます」

「急ぐぞ」

岩倉は梅乃の腕を引いて階下に下り、雪駄(せった)をつっかけて外へ出た。

朱塗(しゅぬ)りの壁が目立つ茶屋の角を曲がって路地に入る梅乃が案内したのは、梅乃楽からほど近い場所にある茶屋だった。

入口に看板もなくひっそりとしたたたずまいで、これまで岩倉はまったく気にもとめていなかったどころか、ここが茶屋だとは思いもしなかった。

「ほんとうにここが店なのか」

梅乃は嬉しそうに応じる。

「いい雰囲気でしょう。先月商売をはじめたばかりです」

「いかにも客を選ぶ雰囲気だが、入れてもらえるのか」

「わたしがいますから」

祇園に梅乃ありと言いたいのだろう。

自信に満ちた顔をした梅乃が戸を開けて訪(おとな)うと、すぐに若い女が出てきた。

「梅乃さん、お待ちしておりました」

不安の色を浮かべる女に、梅乃は申しわけなさそうに手を合わせる。

「叶幸(かなゆき)さん、今日はおおきに。こちらが岩倉様です」

叶幸は不安そうな顔のまま頭を下げ、中に誘って戸を閉めた。

岩倉が訊く。

「確かに大石内蔵助殿がおられるのか」

「はい。太鼓持ちがそうおっしゃいましたから」

「太鼓持ちの他に供はいるのか」

「いいえ、大石様お一人です」

答えた叶幸に、梅乃が言う。

「ほんとうに、おおきにね」

叶幸は首を横に振る。

「梅乃さんに頼まれた時は、まさかうちには来られないだろうと思っていたのですけど、あのう……」

心配そうな顔で岩倉を見て言いよどむ叶幸に、岩倉が察して言う。

「斬り合いになると思うておるのなら案ずるな。話をするだけだ」

腰から大小の刀を抜いて差し出すと、叶幸は着物の袖で包むようにして受け取り、ようやく笑顔を見せた。

「ご案内します」

「まずは、別の座敷に頼む。様子を見たい」

「承知しました。どうぞこちらへ」

「岩倉様、わたしも」

梅乃が供をすると言うので、岩倉は、大石の警戒を解くためにはいいと思い、連れて入った。

表にくらべて中は広く、行灯に照らされた廊下が奥に長い。

磨き抜かれて黒光りがする廊下を歩んでいると、酔った商家のあるじ風の男が出てきて、叶幸を座敷に誘った。

開けられた障子の中では、三人の男と芸者たちがにぎやかにしている。

叶幸が笑顔で言う。

「お客様をご案内したら行きますから」

男は据わった目を岩倉に向け、浪人風情がという顔をあからさまにしたものの、素直に応じて戻っていった。

「お邪魔をしたようで、ごめんなさいね」

梅乃が言うと、叶幸は笑って首を横に振る。

「店を出す時にお世話になった梅乃さんの頼みですもの。少しでもお役に立ててよかったです。さ、こちらです」

案内されたのは、同じ列の奥の座敷だ。障子を開ければ中庭が望め、コの字に造られている廊下の中庭を挟んだ向かい側の座敷は障子が閉められているが、芸者たちのにぎやかな声が聞こえてくる。

「あちらの座敷におられます。すぐお酒をお持ちしますね」

叶幸はそう言って下がった。

岩倉は梅乃を残して、様子を探りに廊下を歩いて向かっていると、障子を開けて芸者が出てきた。

酔っているのか、顔を手であおぎながら、岩倉に気づくことなく廊下を歩んでゆく。

障子が開けられた時に見えたのは、芸者を相手に遊ぶ男。武家の髷(まげ)を結(ゆ)っており、着物は上等な物に思えた。

戻ってきた芸者がふたたび障子を開けた時、大石は大口を開けて笑っていた。

「お声がけしましょうか」

声に振り向くと、酒肴を載せた膳を持った叶幸がいた。

「厠(かわや)だ」

そういうことにすると、先ほど芸者が向かった廊下の突き当たりにあると言うので、岩倉は大石がいる座敷の前を歩いた。

聞こえる男の声は低く、芸者と他愛のない話をしている。

様子を探った岩倉は座敷に戻ると、叶幸に問う。

「今夜の客は、二組だけなのか」

「はい。狭いものですから、三組で一杯になるのです」

梅乃が続く。

「岩倉様、どうでしたか。大石様に間違いありませんか」

「そうであってほしいものだ。邪魔をしては悪いので、出るのを待つことにする」

「ではおひとつ」

叶幸に酒をすすめられ、朱塗りの杯を取った岩倉は、胸がざわついていた。

向かいの客がまことに大石内蔵助ならば、聞いていたほど頭が切れそうには思えないからだ。

「大石殿は、ずいぶん派手に遊んでおるな」

ぼそりと岩倉がつぶやくと、叶幸は野暮だと言わんばかりに、苦笑いをした。

梅乃が気を使って口を挟む。

「岩倉様は、静かに飲むのがお好きですからね」

叶幸は恐縮したような顔をした。

「申しわけありません。うちが呼ぶ姐さんたちが、にぎやかにするのです」

岩倉は顔には出さぬが、腹の中は穏やかではない。

大石内蔵助が芸者に接する態度はだらしなく、女が好きでたまらない様子に見えたからだ。

仇討ちを望み、叶えることができず京を去った児島祥太郎や、平右衛門の無念を思う岩倉は、大石の締まりのない顔に嫌悪し、苦い酒を飲んで杯を置いた。

会う価値もないと思い帰ろうとした岩倉だったが、左近のため、堀部安兵衛らの居場所を突き止めねばと思いなおし、杯を取って梅乃に酌を求め、叶幸に言う。

「あとは勝手にやるからよいぞ」

「では、ごゆっくり」

頭を下げて叶幸が下がると、岩倉は梅乃に障子を開けるよう告げ、向かいの座敷の様子を探った。

「ほんとうに、お捜しの大石様でしょうか」

「派手に遊び歩いている噂があるのだから、おそらくそうだろう。これを飲んだら、帰ってくれ」

杯を取らせて銚子を向けると、梅乃が不安そうな顔をした。

「怖い顔をしておられますが、亡くなられた大林様の無念を晴らすおつもりですか」

「勘違いをいたすな。刀を預けているのにどうやってやると言うのだ」

「だから心配なんです。ほんとうに、話をするだけですか？」

「素手で殴り込んだりはせぬから、安心して帰ってくれ」

梅乃は目をつむって酒を飲み干し、大きな息を吐いて岩倉に杯を差し出した。

「くれぐれも危ないことはしないでくださいよ。まだ、約束のお金をいただいていないのですから」

心配はそこかと、岩倉は笑って応じる。

梅乃は明るい笑みを見せて、帰っていった。

一人残った岩倉は、ふと、大石の家に行けば堀部安兵衛に会える気がして、ここでは話しかけず、跡をつけることにした。

待つこと半刻、ようやく大石が出てきた。

酔って店を出る大石に警固の者はつかず、供は太鼓持ち一人のみだ。

児島が襲われたのを思えばずいぶん油断しているようだが、それはまさに、平右衛門が鬼子尾を倒したのを見ていたからではないか。

平右衛門が言ったとおり、あの場に堀部安兵衛もいたに違いないと確信した岩倉は、今日こそは家を突き止めねばと慎重に様子をうかがう。

叶幸から刀を受け取った岩倉は、大石に気づかれぬようあいだを空けて跡をつけはじめた。

曲者が大石の行く手を塞いだのは、鴨川のほとりに出た時だった。

七人の侍が抜刀し、

「大石内蔵助、覚悟！」

己の名を明かさず男が叫び、猛然と迫った。

太鼓持ちと思っていた男が前に出て、懐に隠していた小太刀（こだち）を抜いて一撃をかわしざまに、相手の肩を斬った。

かなりの遣い手だ。

他の刺客どもは、大石一人を狙って迫る。

刀を抜いた大石は、斬りかかった刺客の刀を弾（はじ）き上げ、返す刀で袈裟斬りにした。

その太刀筋は鋭く、大石もかなりの遣い手のようだ。

残った五人は前後に分かれ、一斉に斬りかかる構えを見せる。

命の危険を感じた岩倉が、刀を抜いて助けに走る。

「何をしておるか！」

怒鳴る岩倉に顔を向けた刺客の一人が、退け、と叫んで逃げた。

　手傷を負った者を助けた四人が、刀を向けながら油断なく下がっていく。

　大石と太鼓持ちは刺客どもを追わず、駆けつけた岩倉に真顔で頭を下げた。

「お騒がせしました」

　行こうとする二人に、岩倉は声をかける。

「待たれよ」

　供の者は警戒したが、大石はどっしりと構え、穏やかな顔をしている。

「貴殿は、元赤穂藩国家老の大石内蔵助殿ですか」

「いかにも」

「わたしは、岩倉具家と申す」

　大石は神妙な面持ちで応じる。

「お名前は存じております。その節は、児島が大変お世話になり申した」

　頭を下げる大石に、岩倉は切り出す。

「折り入ってお話ししたき儀がござる。先ほどの者どもが新手を連れて戻ると面倒ゆえ、そこの寺までご足労願いたい」

「承知しました」

大石は快諾し、供の者を従えて岩倉に続いた。

寺の者を起こして名を告げた岩倉は、宿坊を借りたいと頼んだ。

住職は目を擦りながらも迷惑そうな顔をせず入れてくれ、岩倉は宿坊の座敷で大石と向き合い、改めて告げた。

「わたしは、長らく貴殿を捜していた。まずは、これを見ていただきたい」

会えた時のために左近の文を持ち歩いていた岩倉は、差し出した。

受け取った大石は、拝見すると告げて文を開き、目を見開いた。

「これは……」

「さよう。わたしは、徳川綱豊侯のかわりに捜していたのだ。綱豊侯が、貴殿をはじめ、堀部安兵衛殿と奥田孫太夫殿に会いたがっておられる」

大石は、廊下に控えている供の者にちらと目を向け、岩倉に問う。

「甲府宰相様が、それがしのような小者に会いたいとは異なことにござる。いったい、なんのご用でしょうか」

「綱豊侯は、貴殿を筆頭にした赤穂の方々が吉良上野介を討つのではないかと懸念されておる。もしもくわだてておるのならば、やめるべきだ」

穏やかに話を聞いていた大石は表情を一変させた。

「広島藩にお預けの身になられた浅野大学様を、甲州様が江戸にお戻しくださるのですか。我らの悲願であった浅野家再興の道を、お繋ぎくださるのですか」

こう詰め寄られ、大学にくだされた処分を知らなかった岩倉は驚いた。だが、左近ならできるかもしれぬと勝手に判断した岩倉は、大石の目を見て告げる。

「綱豊侯ならば、大いに望みはある」

すると大石は愕然とした。

「まずい……」

つい言ってしまったとばかりに口を塞ぎ、ひどく動揺する大石の態度が気になった岩倉は、廊下に控えている供の者を見た。

供の者は目をそらし、下を向く。

様子がおかしい。

岩倉は、大石を見据えて問う。

「今一度訊くが、貴殿は大石内蔵助殿に間違いないのか」

目を泳がせた大石は、左近の文を差し出して平伏した。

「それがしは、替え玉です」

悪い予感が的中した岩倉は舌打ちをした。

「では、遊興にふけっていたのも大石殿本人ではなく、おぬしか」

「はい。殿の顔を知らぬ敵を欺くために……」

「殿だと」

「それがしは、大石内蔵助の直臣でございます」

「では、今すぐ大石殿に会わせてくれ」

「京にはおられませぬ」

「何！　まさか、江戸か」

「いかにも」

「いつからだ」

替え玉は顔を上げた。

「京を離れられて、もう三月になります」

「討手をまんまと騙したか」

「はい、見事なものでしょう」

「褒めておらぬ！」

「はっ」

ふたたび平伏する替え玉に、岩倉は苛立って問う。

「堀部安兵衛殿と奥田孫太夫殿も共にいるのか」

「おそらく……」

「どこにおる」

「江戸です」

「だから、江戸のどこにおるのかと訊いている」

「聞いておりませぬ」

岩倉は左近の手紙をつかみ、替え玉の前にたたき置いた。

「綱豊侯が会いたがっておられるのだ。嘘を申している場合ではないぞ」

「嘘ではありませぬ。殿は替え玉がばれた時のために、それがしには何もお教えくださらぬまま、江戸へ向かわれました」

「狸(たぬき)おやじめ！」

岩倉は口汚く罵(のの)しり、替え玉の腕をつかんだ。

「立て。わたしは大石殿の顔を知らぬ。今すぐ江戸に行き、共に捜してくれ」

替え玉は手を離して下がり、平伏した。

「ご勘弁ください。それがしは諸々(もろもろ)の後始末を命じられておりますから、京を離れるわけにはまいりませぬ」

「何を言うておる。大石殿の命に関わることぞ」

「動けませぬ！」

頑なに拒む替え玉を岩倉は説得したが、どうしても応じない。

これは仇討ちがあるに違いないと確信した岩倉は、大石の特徴を聞き出し、梅乃楽に戻った。

寝ずに待っていた梅乃に約束の小判を渡してやると、嬉しそうに引き取ったものの、岩倉がすぐ江戸に戻ると聞いて寂しそうな顔をした。

「ほんとうに、行ってしまわれるのですか」

「長らく世話になった。またゆっくり来ると言いたいところだが、いつになるかわからぬ。達者で暮らせ」

梅乃は涙を拭い、笑顔で見送ってくれた。

甲府藩の京屋敷へ急いだ岩倉は、馬を借り受け飛び乗った。

左近の家臣たちが見送る中、駿馬を駆る岩倉の姿は朝霧に霞む道に見えなくなり、たくましく地を蹴る馬蹄の音が遠ざかっていった。

第三話　長屋の若医者

一

岩倉具家が桜田の屋敷に来たのは、銀杏の葉が黄色に染まった頃だ。

書院の間で向き合う左近に、旅装束のままの岩倉が縷々として語ったのは、大石内蔵助のことだ。

替え玉を使い京にいると思わせ、江戸に潜伏していると聞いた左近は、岩倉をねぎらい礼を述べ、考えを口にした。

「大石内蔵助殿は、やはり噂どおり、ひとかどの人物のようだな」

「感心している場合ではないぞ」

岩倉は苛立ちを面に出す。

「大学殿が広島に送られてお家再興の道が閉ざされた今、赤穂の旧臣たちは仇討ちをするつもりに違いない。そもそもおぬし、浅野家の再興を綱吉に望んだのか」

「いや……」

岩倉は怒気を浮かべた。

「仇討ちを止めたいと思うておるのであろう。肝心なところでどうして口を出さなんだのだ。おぬしらしくもない」

弁解の言葉もなく肩を落とす左近の様子に慌てたのは、次の間に控えていた又兵衛だ。

立ち上がって書院の間に入り、左近に小言を並べる岩倉の横に来て止めた。

「岩倉殿、殿が上様に大学殿の許しを乞われなかったのは、それがしがお止めしたからにほかならず、責めないでくだされ」

このとおりだと頭を下げられた岩倉は、左近に顔を向けて言う。

「京で小耳に挟んだが、桂昌院様が高みに立ったそうだな」

「従一位を賜られた」

岩倉は横を向いて不満の息を吐き捨て、まだ両手をついている又兵衛の頭を上げさせると、左近に厳しい目を向けた。

「綱吉が吉良上野介を生かしたのは、従一位を賜るために尽力していたからに違いない」

「京では、そのような話になっているのか」

「いいや、わたしの考えだ。だが、世間もそう思うているに違いない。特に、浅野家と同じ外様はな」

それは左近も憂えているところであっただけに、反論はしない。

黙っている左近に対し、岩倉はまっすぐ目を向けて告げる。

「同じ徳川の血を引くおぬしに言うておくが、浅野家に対する不公平な裁きは、外様の者たちにしこりとなって残り、いずれ必ず、将軍家の災いになろうぞ」

「いくら岩倉殿であっても、それは言いすぎですぞ」

怒る又兵衛に手を向けて制した左近は、岩倉の目を見る。

「おぬしの言うとおりかもしれぬ。だが、おれが口を出して浅野家の再興を願えば、外様のみならず、譜代大名の中からも、今のご政道をよく思わぬ者が現れ、世が乱れてしまう恐れがある。それだけは避けたいと思うたのだ」

「つまり、何があっても綱吉には逆らわぬと言うのか」

左近は岩倉の目を見て、うなずいた。

岩倉は不機嫌そうな顔を又兵衛に向けた。

「綱吉が生類憐みの令を発布した時、撤回を求めた綱豊殿が命を狙われた。おぬしはそれを恐れて、浅野大学に関わるのを止めたのか」

「いかにも」

又兵衛はうつむき気味に続ける。

「近頃の上様は、いささか気が短うなっておられる。そのわけははっきりとは存じませぬが、噂では、お世継ぎのことで悩んでおられるとか。これはそれがしの憶測にすぎませぬが、お二人のお耳には入れておきます」

又兵衛は左近の目を見た。

「紀州徳川家に嫁がれている上様の愛娘、鶴姫様が病がちで、お世継ぎに恵まれぬのを悩んでおられるご様子。そのような時に、殿が浅野家のことで口をお出しになれば、逆鱗に触れてしまうと思うたのです」

岩倉は怒りの息を吐き捨てた。

「娘に子ができぬのは、紀州の婿を六代将軍にしようとしているからだ」

又兵衛が不思議そうな顔をした。

「と、申されますと」

「わからぬか。継ぐべき者が継がぬから、子宝に恵まれぬのだ」

又兵衛は納得した様子で大きくうなずく。

「いかにも、岩倉殿がおっしゃるとおりですな」

「将軍家のことは心配いらぬ。それより、今は安兵衛たちのことだ」

左近がそう言うと、岩倉は呆れたようにため息をつく。

又兵衛も、うまく話をそらされたとばかりに顔をしかめながら左近に告げる。

「殿、それがしが申し上げたいのは、今の上様は、意に沿わぬことを言う者は容赦されぬということです。くれぐれも、お気をつけくだされ」

うなずく左近を、岩倉が厳しい目で見つめる。

「おぬしは、赤穂の者たちをどうしたいのだ」

「皆を生かしたい」

「今ひとつ訊く。浅野家再興の道が絶たれた今、武士らしく吉良を討って本懐を遂げるか、生きて己の人生をまっとうするか。おぬしなら、どちらを選ぶ。徳川綱豊ではなく、一人の武士としての考えを聞かせてくれ」

左近は岩倉の目を見た。難しい質問だが、即答する。

「そこに義があれば、迷わず前者を選ぶ」

「吉良を討つのは義があるか、それともないか」

「吉良上野介を討てなかった主君の無念を晴らすためならば、ある。が、吉良を憎んでのくわだてならば、そこに義はない」

「後者は、私怨だと言うか」

「うむ」

「堀部安兵衛と奥田孫太夫が前者を理由にした時は、どうする。黙ってやらせるのか」

「口ではなんとでも言えよう。本人と会うてみれば、わかるはずだ」

苦悩の表情をする左近をじっと見ていた岩倉は、肩の力を抜いて息を吐いた。

そして、改めて左近に顔を向ける。

「今でも、堀部殿たちを友だと思うているのか」

「思うているからこそ、どうすべきかわからぬ」

「答えを出すためにも、なんとしても見つけ出せ。わたしも手伝う」

左近は岩倉を見て告げる。

「戻ったばかりであろう。ご妻女に息災の顔を見せてやれ」

岩倉が真顔で応じる。

「ではそういたそう。そのあとで、吉良屋敷がある本所に渡る」

愛妻が待つ家に急ぐ岩倉を見送った左近は、その日のうちに甲府藩主としての仕事をすませるべく、間部詮房と雨宮真之丞を自室に呼び、書類の山と格闘した。

「殿、蜂蜜と生姜を溶かしたお飲み物をお持ちいたしました」

障子の外からしたおこんの声に、左近は最後の書類に花押を記しながら応じる。

「いただこう」

応じて障子を開けたおこんが歩み寄り、左近を見て驚いた顔をした。

「疲れたお顔をしてらっしゃいます」

左近は外障子に目を向ける。

「もう朝になってしまったようだな」

雨宮が書類を引き取り、間部が真顔で告げる。

「少しお休みになられてから、お出かけください」

「そういうそなたも、目が赤いぞ。昼まで休め」

「はは、では」

下がる間部と雨宮に頭を下げたおこんが、左近に器を差し出して言う。

「お琴様のところへ行かれるのですか」

「いや、新井白石のところへゆく」

何も知らぬおこんは心配した。

「これから本所に渡って、学問をなさるおつもりですか」

「案ずるな」

「寝不足は万病の元だと父が申しております。せめて一刻（約二時間）、いえ、二刻（約四時間）ほどお休みください」

身を乗り出して必死に訴えるおこんの頰に、左近は思わず手を差し伸べた。

「そう大げさに騒ぐな。眠くなれば向こうで休む」

左近はそう言って微笑み、おこんがこしらえた飲み物を口にした。

「苦いな」

おこんは、目を泳がせる。

「滋養の薬草を煎じてございます」

「そうか」

左近は苦いのを我慢して飲み干し、着替えをすると告げて奥の部屋に下がった。

頭を下げて見送ったおこんは、襖が閉まると、左近に触れられた頰に手を当てていたのだが、

「顔が赤いわよ」

背後から声をかけられ、驚いて振り向いた。

真衣が悪戯っぽい笑みを浮かべている。

「変なこと言わないでよ」

否定するおこんに、真衣は身を寄せて言う。

「わたしに隠すことないでしょ。もう認めておしまいなさいよ、応援するから」

「馬鹿なこと言わないの。さ、お仕事お仕事」

立ち上がって廊下に出たおこんに続いた真衣は、素直じゃないんだから、と言い、おこんを困らせた。

二人の奥御殿女中がそんな話をしているなどとは思いもしない左近は、藤色の着物に着替えて宝刀安綱を腰に落とし、桜田の屋敷を出た。

からっ風が吹く中、大川を渡った左近は、回向院裏に足を向ける。

吉良屋敷の周囲にいれば、堀部安兵衛に会える気がしていたからだ。

しかし吉良屋敷はひっそりとしており、周囲に目を配っても、様子を探る者の気配はない。

長くとどまれば、吉良家の者に怪しまれると思った左近は、その足で新井白石を訪ねた。

一刻ほど儒学を学んだ左近は、白石が出してくれた茶菓をいただきながら、赤穂の者たちがどうしても見つからないのだとこぼした。

　すると白石は、茶を一口飲み、湯呑みを置いて左近の顔を見てきた。

「内匠頭殿の弟御が、広島に移られたと聞きました。これにより浅野家再興の道が閉ざされたのですから、旧藩士たちが江戸におる意味がありましょうか。わたしならば、住み慣れた赤穂に戻るか、新天地を求めますぞ」

　これは白石の本心ではないと、左近は見抜いた。白石は又兵衛と同じく、左近にこれ以上、赤穂のことに深入りさせたくないのだ。

　それよりも、と白石は話題を変える。

「桂昌院様は、見事に従一位になられましたな」

嫌味たっぷりに言う白石に、左近は苦笑いで応じる。

「相変わらず、不満を持っているようだな」

「その桂昌院様が、またもや仏閣の建立に金を注ぎ込んでおられますからな。物の値は上がり続け、江戸の民は日々の暮らしに苦しんでいるというのに、お上は何もしようとしない」

　白石の言うとおりだと思った左近は胸を痛めるも、

「そのような顔で見るな。今のおれには、どうにもならぬ」

　こう答えるしかなかった。

　あからさまに不服そうな白石に対し、綱吉の耳に届くような真似はするなとたしなめると、白石は応じたものの、厳しい顔で返す。

「ここに通う者たちは、桂昌院様のご出世は、吉良上野介殿の働きが大きいと思うております。新築された立派な吉良屋敷をご覧になりましたか」

「うむ」

「わたしは、立派な屋敷に疎ましげな目を向けて通り過ぎる近所の者たちを幾度となく目にしております。その者たちの口から吉良殿をよく思わぬ言葉が吐き出されれば、いずれ江戸中に広まり、とどのつまりは、吉良を恨む者たちが何かやってくれぬかという期待の声に変わるのではないかと思うのです」

「その声が、赤穂の者たちの背中を押すと言うのか」

「いいえ。わたしが仇討ちを狙う者ならば、期待の声が大きくなる前に動きます」

「今か」

　不安に思った左近に白石は真顔でうなずき、両手をついた。

「赤穂の者たちをお捜しのようですが、関わってはなりませぬ」

「止められぬと思うか」

「止める止めぬの話ではありませぬ。甲州様が赤穂の者たちに関わっていると民が知れば、よからぬ噂を流す者が必ず現れます」

「その噂とは何か。はっきりと申せ」

「万が一仇討ちがあれば、甲州様が手を貸したと言う者が出る恐れがあります」

左近は話を断ち切るように立ち上がった。

「殿……」

「おれは、なんとしても止めたいのだ。仇討ちが今だとそなたが申すなら、急がねばならぬ」

「お待ちを、殿」

焦りの声をあげる白石を振り切って外に出た左近は、ふたたび吉良屋敷へ足を向けた。

小五郎が現れたのは、吉良屋敷の近くまで戻った時だ。

通りを行き交う町の者たちの中で、小五郎は左近に近づき、肩を並べて歩きながら小声で告げる。

「奥田孫太夫殿らしき人物を見つけました」

「らしきとは、どういうことだ」

「長屋に入る横顔しか見ておりませぬゆえ。かえでが見張っておりますから、ご案内します」

待ちに待った言葉に、左近は胸を躍らせたが、顔には出さず前を向いたままうなずき、先に立つ小五郎に続いた。

二

小五郎が案内したのは、深川黒江町のつきやという長屋だ。子供たちが遊ぶ路地を指差して告げる。

「行列ができている部屋に入っていきました」

部屋の戸口の横に並べられている長床几に腰かけているのは八人ほどだ。顔はよく見えないが、地味な色合いの着物を着た男女がいる。隣同士で話し込んでいる女もいれば、膝に顔を埋めて辛そうにしている男もいる。

その路地の奥からかえでが現れ、木戸の外にいる左近に気づいて足早に近づいてきた。

小五郎が問う。

「どうだ」

かえでは左近に軽く頭を下げ、路地から見えないところで報告した。

「行列は、西村丹下という若い医者に診てもらおうとしている者たちです」

「奥田殿はまだ中にいるのか」

小五郎の問いに、かえではうなずく。

「どこか具合が悪いのだろうか」

心配する左近に、かえでが答える。

「わかりませぬが、順番を飛ばして入られても、患者たちは文句を言いませぬ」

左近は二人をねぎらい、孫太夫に会うべく路地に入った。

走る子供にぶつからぬよう端を歩いて丹下の部屋の前に行き、訪いも入れず入ろうとすると、中年の女が袖を引いた。

「ちょいとお待ちくださいよ。次はあたし。もううんざりするほど待っているんだから、いくらお武家様でも譲れませんよ」

「いや、おれは患者ではないのだ」

入ろうとすると、女はしがみついた。

「騙されませんよ。後ろに並んでくださいな」

他の患者たちから白い目で見られた左近は、仕方なく後ろに回って並んだ。

小五郎とかえでが心配そうに近づいてきたが、左近は手で制し、長床几に腰かけた。

隣り合わせた女が、ぜえぜえと苦しそうな息をしているのを見て声をかけた。

「婆さん、大丈夫か」

すると女がじろりと睨む。

「あたしゃ、こう見えても四十ですけど」

「すまぬ」

「まあいいですよ。どうせ、お武家様のようにお顔の色もよくないし、命も長くないんだから」

咳き込んだので背中をさすってやると、女は大きなため息をつき、身の上話をはじめた。

聞けば、飲んだくれの亭主と遊び人の息子のために身を粉にして働き、身体を病んだらしい。口をついて出てくるのは食べ物が高いことへの不満ばかりだ。

「いくらいい寺を作ったって、あたしらのような下の者にはなんのご利益もありゃしませんよ。薬師如来様だって、毎日拝んでもあたしの咳を治してくださらないし、亭主と息子が真面目に働くよう願っても、前よりひどくなっているんですから。ああもういやだ、お侍様にこんなこと言ったって助けてもらえないのに。どこかお悪いんですか？」

「いや、実はそうではなく、人を捜しに来ただけなのだ」

「それで先に入ろうとしたんですね。中におられるので？」

「うむ」

　すると、女の向こう側に座っていた男が首を伸ばして見てきた。

「さっき戻ってきた、居候のお侍のことかね」

「ここで暮らしているのか」

「前はそうですが、先生の人気が出たものだから、今は別のところで暮らしているようですよ」

「その場所を知っているなら教えてくれぬか」

「さあ、知りませんねえ」

「中で本人に訊くといいさ。おまんじゅう食べます？」

　女が言い、懐から出したまんじゅうをすすめられた左近は、やんわりと断り、前を向いた。

女は苛立ちのため息をつく。

「腕がいいと評判なのはいいけれど、ここまで人気だと困りますよ。待つのが長いったらありゃしない。今日は少ないほうですけどね」

またため息をついた女は、まんじゅうを一口で食べようとして頰張った途端に咳が出たものだから、口から飛んだまんじゅうが地面に転がった。

「ああもったいない」

そう言って拾い、砂を払って胸元に入れるのを見た左近は、受け取らなくてよかったと思いながら前を向く。

それからも女の身内の愚痴を聞かされ続けた左近は、一刻ほど待ってようやく自分の番が来た。

出てきた女が、薬を手に嬉しそうな顔をして左近に言う。

「これ、酒がまずくなる薬なんだって。さっそく酒に混ぜて、飲ませてやりますよ」

すっかり元気そうに帰っていくのを目で追っていると、

「お次の方どうぞ」

中から呼ばれたので、左近は戸口から入った。

どこにでもある長屋と変わらぬ造りの六畳間に、若い男が座している。孫太夫の姿はない。

左近は上がらず問う。

「ここに、元赤穂藩士の奥田孫太夫殿が来られているはずだが、会わせてもらえぬか」

すると、丹下は不思議そうな顔をした。

「そのようなお方は、来られておりませんが」

「いや、確かにおられるはずだ。患者から、先生が共に暮らしていたと聞いたぞ」

丹下は苦笑いを浮かべた。

「あの人たちの勘違いです。確かに同居人はいましたが、あれはわたしの父で、今は国に戻りました」

「入ったきり出ておられぬ御仁がおられるはずだが……」

「ご覧のとおり、部屋は一間だけです」

左近は上がり、閉められている板戸を開けたが、そこは押し入れだった。

丹下の後ろの障子が少しだけ開いている。

左近が開け放つと、裏庭だった。孫太夫は左近が並んでいるのを見て、裏から逃げたに違いない。

「先生、隠さず教えてくれ。孫太夫殿はどこに住んでいる」

「困りました。ほんとうに、そのようなお武家様は来られていないのです」

固く口止めをされているに違いないと思った左近は、しつこく問わず外に出た。

戸口で待っていた患者が、何ごとかという顔で見ていたが、丹下が次の者を呼ぶと、いそいそと入っていく。

左近が路地から出ると、かえでが頭を下げた。

「まさか奥田殿が逃げるとは思いもせず、油断しておりました」

左近は、詫びるかえでに頭を上げさせた。

「それはおれも同じだ。よほど会いたくないか、会えぬわけがあるに違いない」

「わたしが声をかけて引き止めておくべきでした」

頭を下げる小五郎が孫太夫を見間違えるはずはないと思った左近は、長屋を向いて指差す。

「丹下先生の部屋の向かいの部屋が折よく空いておる。おれは今日からそこで寝泊まりして、孫太夫殿が来るのを待つ」

小五郎とかえでが驚いた顔を見合わせ、小五郎が歩み寄る。

兵衛は何も心配せず、留守を頼む」

「はは。承知いたしました」

又兵衛は渋々引き下がり、桜田の屋敷に帰っていった。

小五郎とかえでも下がらせた左近は、近くの飯屋で夕餉をすませ、夜は薄い夜着に包まって眠り、長屋暮らしをはじめた。

薄い壁から聞こえてくる隣の夫婦の声は、笑いが絶えず、権八とおよねのように仲がいいように思える。

翌朝、隣の女房がお近づきのしるしだと言って渡してくれたのは、朝飯だった。

「かたじけない。遠慮なくいただきます」

恐縮して受け取った左近は、何かお返しがないか考え、かえでが置いていった卵を笊ごと差し出すと、女房は喜んだ。

「うちの亭主が元気がないから、さっそく食べさせてやります。いけない、わたしったら、まだ名前も言ってませんでした。さえといいます。亭主は大吉。研ぎ師をしていますから、いつでもご用命ください」

おさえがこう述べたところで、大吉が戸口に来て頭を下げた。

どうやら、商売っ気も含まれているのだと察した左近は、そのうちにと返し、夫婦に礼を言って帰した。

大吉は、左近が立てかけている安綱を気にしているようだったが、金鎺に刻まれた葵の御紋を見せるわけにはいかぬ。

表の戸を閉めようとした時、向かいの部屋の戸が開き、丹下が出てきた。

左近と目が合った丹下は驚き、歩み寄ってきた。

「お武家様、ここで何を……」

「空いていたから借りたのだ。今日からよろしく頼む」

「奥田孫太夫殿が来るのを待たれるおつもりですか」

「それもあるが、前の部屋は口うるさい者がおるゆえ、静かな部屋を探していたのだ」

適当な理由をつけると、丹下は笑顔になり、お向かいさんとしてよろしくお願いしますと頭を下げ、井戸に行った。

おさえがくれた朝餉を前にした左近は、毒見もせず口にするとは何ごとか、と又兵衛なら言いかねぬと思いつつ、手を合わせて箸を取った。

沢庵も味噌汁も塩気が濃いめだが、左近は残さず食べ、食器を返すために炊事場で洗った。

話し声に誘われて格子窓から外を見れば、早くも丹下の部屋の前で患者が並んでいる。

一日が終わっても孫太夫は現れず、二日目には小五郎が加わり、二人で交代しながら丹下の部屋を見張ったのだが、五日目が終わっても、孫太夫は現れない。

外に出て見張っていた小五郎が夜更けに戻り、左近に告げる。

「丹下先生が、殿がここに暮らしはじめたことを奥田殿に伝えたのではないでしょうか」

「だとしても、どうして避ける」

「会えぬ理由はひとつかと……」

仇討ちという言葉を口にせぬ小五郎を横目に、左近は格子窓から外を見た。

「おれに勘づかれるのを恐れて、姿を隠すか……」

そう言った時、路地を走ってきた人相の悪い男が丹下の部屋の前で仁王立ちし、戸をたたいて開けろと怒鳴った。

明かりが腰高障子に近づき、丹下が呑気な声でどなたかと訊くと、男は苛立ち戸を蹴った。

「武蔵屋義平の弟の捨五郎だ！　開けろ！」

「蠟燭問屋の……。今開けます」

ただならぬ様子に、左近は表に出た。

戸を開けた丹下は、体格のいい男に胸ぐらをつかまれて、苦しそうな顔をしている。

左近が助けに行こうとすると、捨五郎は丹下を路地に突き離し、腕まくりをして怒鳴った。

「兄貴が先生の薬を飲んだら気分が悪くなった。どうしてくれるんだ！」

今にも殴りかかりそうな剣幕に、丹下は腕で顔をかばいながら言う。

「そんなはずはない。わたしの薬は、具合が悪くなるような物ではありません」

「だったら家に来て、兄貴を診てくれ。苦しんでいるから早くしろ！」

「わかりました。道具を取ってきますから、少々お待ちを」

丹下は背中を丸めて部屋に駆け込んだ。

隣の夫婦や長屋の連中が出てきて、何ごとかと集まってきた。

捨五郎は、丹下の薬を飲んだ兄の具合が悪くなったと大声でしゃべり、長屋の連中は、そんなはずはないと反論し、中には喧嘩腰になる者もいる。

捨五郎は嘘じゃないと大声をあげ、丹下に早くしろと急かしている。

そんな中、左近の横に来た小五郎が、小声で告げる。

「奥田殿を逃がした丹下先生をここから連れ出すための、芝居かもしれませぬ。念のため、行き先を確かめます」

「おれも行こう」

一旦その場を離れた左近と小五郎は、道具を持って出てきた丹下に気づかれぬよう、跡をつけた。

三

捨五郎と丹下は、長屋からほど近い大通りに店を構えている武蔵屋に入っていった。

左近は表から店を見上げ、小五郎に言う。

「確かにただの店だが、孫太夫殿はここに隠れ暮らしているのだろうか」

「名を変え、商人として潜んでいるのかもしれませぬ」

「確かめてくれ」

「はは」

小五郎は裏に回り、板塀に跳び上がると、裏庭の様子を探って下りた。

閉められている雨戸に忍び寄り、耳を当てる。

人の声がする場所に歩みを進め、暗がりに潜んだ。

中の臥所(ふしど)では、布団に仰向(あおむ)けになった義平が額(ひたい)に脂汗(あぶらあせ)を浮かべて苦しんでいた。

捨五郎に連れてこられた丹下が臥所に入ると、看病をしていた妻女が怒りの目を向け、

「早く助けてちょうだい」

下男に接するような口調で命じた。

丹下は冷静に応じて座し、脈を取った。表情を険しくし、妻女の顔を見る。

「おそめさん、義平さんはただの風邪(かぜ)だったはずですが、この脈は妙です。飲んだ薬を見せてください」

「だから、先生の薬ですよ。ほら、そこにあります」

おそめは不服そうに、義平の枕元を指差した。

丹下は袋を取り、中を確かめた。

「確かにこれは、わたしがお出しした風邪に効く薬です。飲まれた薬の包みをお見せください」

「いったいなんだと言うのです」

「中身が合っているか確かめたい」

渋々応じたおそめは、義平の文机の横に置いてあるごみ箱を引き寄せて中を探ったが、眉間に皺を寄せた。

「おかしいわね、ここに捨てたはずなのに、ないわ」

捨五郎が応えた。

「誰かが掃除に来て、ごみを集めて捨てたのでしょう」

おそめは顔をしかめて、丹下に言う。

「下女に言いつけて捜させますから、主人を助けてください」

立とうとしたのを捨五郎が止めた。

「義姉さん、そんな物を持ってきても無駄ですよ。先生は、おれたちが薬のことがわからないのをいいことに、悪い物は入っていないと言うに決まっているんだ」

「そのようなことはありません」

丹下が否定したが、捨五郎は睨む。

「そんな言いわけをする暇があったら、早く兄貴を治せよこの野郎！」

「落ち着いて。今診ますから」

丹下は眉尻を下げて捨五郎の怒りを鎮め、義平の身体を診た。

腹に手を当てて押さえていき、へその下あたりを押さえた時、義平が歯を食いしばって痛がった。

「てめえ！　殺す気か！」

捨五郎が丹下を突き飛ばし、義平の腹をさする。

「兄さん大丈夫か。ここが痛いのかい」

義平は苦しそうな顔を何度も縦に振って呻いた。

「おい先生、どうしてくれるんだ。こんなに苦しんでいるじゃねえか！　死んじまったらおめえ、ただじゃおかねえからな！」

「落ち着いてください」

丹下は薬箱から袋を出し、黒い粒を三粒ほど義平の口に含ませた。

義平は顔を歪めた。

「苦いけど、我慢して飲み込んでください」

丹下の声に従った義平は嚥下し、苦そうな顔をして横向きになり、腹を抱えて唸った。

丹下は背中をさすってやりながら声をかける。

「腹痛に効く薬ですから、そのうち楽になってきます。明日の朝また来ますから、今晩はこれで様子を見てください」

「昼間もそう言って帰ってきたんだぞ」

捨五郎が不服をぶつけたが、義平が腕をつかんで、首を横に振った。

「先生を悪く言うな。わたしは、先生を信じているんだ」

おそめが驚いた。

「しゃべれなかったのに、少し楽になったのですか」

義平はうなずき、仰向けになって大きな息をして、へそのあたりに両手を当てた。

「なんだか、腹の中をわしづかみにされたような感じが残っているが、激しい痛みは和(やわ)らいだ。これもみな、先生のおかげだ。先生、こいつらがいやな思いをさせちまったかもしれないが、許しておくれよ」

丹下は微笑んで首を横に振り、明日また来ると言って立ち上がった。

おそめが神妙に頭を下げるのに応じた丹下は、不服そうな顔を崩さぬ捨五郎に頭を下げ、店をあとにした。

長屋の方角に歩みを進める丹下を物陰から見ていた左近は、裏から出てきた小五郎に歩み寄る。

「どうだった」

「奥田殿はおりませぬ。先生は、患者を診に来ただけです」

「そうか」

期待していただけに、左近は残念に思い、丹下に気づかれぬようあとに続いて
長屋に帰った。

寝ずに朝を迎えた左近は、小五郎が支度してくれた朝餉を二人でとった。

箸が進まぬ小五郎に、左近は言う。

「何か言いたそうだな」

「いえ……」

「いつまでここにいるつもりかと、顔に書いてあるぞ」

小五郎は箸を置いた。

「奥田殿は、もうここには来ない気がいたします」

左近は返事をせず、飯を口に運んだ。

「殿……」

「上様がお咎めなしとされた吉良殿を討てば、死罪は免れぬ。おれはあの二人を

死なせとうないのだ。もう少し、悪あがきをさせてくれ」

左近は、小五郎の顔を見ることができなかった。何もできぬ己の無力さに腹の底から憤(いきどお)っており、顔を上げれば、感情を抑(おさ)えられぬと思ったからだ。

その気持ちを察してか、小五郎は珍しく苛立ちを露(あら)わにした。

「江戸にいるなら必ず見つけられると思うておりましたが、影すら見えませぬ」

「おれは、近くにいるような気がしてならぬのだ。必ず見つかる。そう信じて、探索を続けてくれ」

「はは」

外がにわかに騒がしくなり、苦しむ女の声がしたので見ると、戸板に乗せられた老婆が丹下の部屋に運び込まれた。

長屋の連中や、先に来ていた患者たちが心配そうに見ている中、丹下は老婆の診察をはじめた。

そこへ、肩を怒らせて歩く捨五郎が来て、戸口から怒鳴った。

「やい丹下！　てめえが飲ませた薬のせいで、今朝になって兄貴が苦しみはじめて気を失ったぞ！　藪医者(やぶいしゃ)なんざ潰してやらあ！　おい、やっちまえ！」

連れてきていた三人の仲間と押し入った捨五郎は、手当たり次第に物を壊しはじめた。

老婆の息子が止めようとしたが、外に突き飛ばされて尻餅をつく。

「おっかさんが死んじまうからやめてくれ！」

必死に止めようとする息子に対し、捨五郎の仲間が言う。

「こんな藪医者に診せたら殺されるぞ。他の先生のところへ連れていくことだな」

「おっかさんが丹下先生がいいって言ったんだ。邪魔をしないでくれよ！」

「うるせえ！」

息子を殴ろうとした男の右腕をつかんだのは左近だ。

「野郎！　邪魔をするな！」

左手で殴りかかろうとした男をひねり倒した左近は、丹下の部屋に入り、暴れている二人を次々と外に引きずり出した。

腕まくりをしてふたたび中に入ろうとする男の背中をつかんで引いた小五郎が、腹を拳で突く。

呻いて倒れた男を見た仲間が小五郎に飛びかかったが、かわした小五郎は、つんのめる男の背中を押す。

勢い余って頭から板壁に突っ込んだ男は、額を押さえてひっくり返った。

捨五郎はというと、懐から匕首を抜いて左近に向けている。

「てめえ、邪魔をしやがると、ただじゃおかねえぞ」

安綱を持っていない左近は、手刀を構える。

「丹下先生は今忙しいのだ。兄が心配なら、おれがよく知っている医者を紹介する。そうかっかせず刃物を引け」

捨五郎は、まったく隙のない左近の気迫に押されて鼻白む。

「てめえには関わりのないことだ。口を挟むな」

「兄は気を失っているのだろう。こんなことをしている暇があるのか。それとも、他に何か目的があっての狼藉か」

「うるせえ！」

異常に興奮して目を見開いた捨五郎が、背後にいる丹下に刃物を向けた。

丹下はというと、まったく動じることなく、苦しむ老婆の治療を続けている。

「やい丹下、なんとか言え！」

「義平さんはただの風邪だ。誰かに何かをされなければ、寝込むほどのことではない」

厳しい口調で睨まれた捨五郎の頬が、ぴくりと動いた。

「痛たたたあ！」

老婆が苦しみ、丹下の腕をつかんだ。

「先生、そ、そんなろくでなし相手にしないで、早く、早く治しておくれよお」

丹下が老婆に向く。

「大丈夫だから、ゆっくり息を吸って、これを飲みなさい」

湯呑みの薬を老婆に飲ませ、まるで相手にしない丹下に対し、捨五郎は歯がゆそうな顔をした。

左近が言う。

「おれが知っている医者も評判がいいから、兄を診てもらおう。刃物を引け」

「いらぬお世話だ。このあたりで一番信用できるのは、なんといっても日村正雪先生だ。その先生が、丹下の薬は、薬とは言えねえ物が混じっているとおっしゃったから来たんだ。てめえのせいで、兄貴は死ぬところだったんだぞ！」

外にいる患者たちが騒然となった。

これに反論したのは、横になっている老婆だ。

「そんなことあるもんか。あたしはね、正雪の薬を飲んで具合が悪くなったんだ。あいつこそ大藪だよ」

捨五郎は目をそらした。

「おれは、騙されねえからな。やい丹下、今日は帰るがまた来るぞ。おめぇに騙された兄貴がまた来ないように、ここで医者をさせやしねぇからな。痛い目に遭いたくなかったら、とっとと出ていきやがれ！」

医者にとって何よりも大切な薬草に手をかけようとした捨五郎の前に、左近が立ちはだかる。

下がった捨五郎は、畳に唾を吐いて裏の障子を開け、肩を怒らせて帰っていった。

老婆が落ち着いたところで、丹下はひっくり返されて畳を水浸しにした手桶を取り、井戸に水を汲みに行こうとしたところに、おさえが入ってきた。

「あたしがやりますから」

「すみません」

「なんでもないことですよ」

笑っていそいそと井戸端に行くおさえに頭を下げた丹下は、上がり框に腰かけ、膝を抱えてため息をつく。

左近がそばに行き声をかけた。

「いかがした」

顔を上げた丹下が、改まって頭を下げた。

「お助けいただきありがとうございました」

「顔が青いが、どこか具合が悪いのか」

「いえ。捨五郎さんは、すごく怒っていましたね。悪い薬を出した覚えはないのですが、薬草によくない物が混じっていたのではないかと不安になったのです」

左近は、壊された道具を見て言う。

「これはやりすぎだ。悪意を感じる」

丹下は、戸口から見ている患者たちに頭を下げて詫びた。

「申しわけない。このとおり道具が壊されてしまいましたから、診ることができません」

患者たちから悲鳴があがった。

具合が悪そうな男が戸口に来て訴える。

「うちの婆様（ばあさま）は先生のおかげでよくなったから、おれは来たんだぜ。診てくれなきゃ死んじまうよ」

女が続く。

「そうだよ先生、今朝から腰が痛くてしょうがないんだから、診ておくれよ」

騒ぐ患者たちを前に、丹下は申しわけなさそうな顔をして黙っている。

左近は丹下の肩をたたいた。

「道具なら、おれが探してきてやる」

丹下は困った顔をした。

「しかし……」

「ああ、苦しい」

座敷で横になっていた老婆が声をあげ、腹を押さえて顔を歪めた。

「おっかさん大丈夫か。先生、おっかさんを助けてください」

必死に願う息子をどかせた丹下は、老婆を横向きにさせて背中をさすった。

「薬が効いてきたのだから、我慢せずに吐き出しなさい」

その声に応じて、老婆が盥(たらい)に嘔吐(おうと)した。

吐瀉物(としゃぶつ)を見た丹下が、納得したようにうなずいてから息子に告げる。

「血は混じっていないから、大事にはいたらないでしょう」

ためらう顔をする息子に、丹下は言う。

「何かあるなら正直に言ってくれないと、治るものも治りませんよ」

「おふくろは貝の刺身が好物なものですから、むいた牡蠣の身を棒手振りから買って食べました」

「これは牡蠣にあたった症状ではない。胃の腑が荒れているからです。酒は飲みますか」

「ええ、そりゃもうあっしが負けるほどに、焼酎をぐいぐいと」

「顔が黄色になっていないから、まだ間に合う。死にたくなければ、酒をやめることだ。薬を出すから、腹の痛みがなくなるまで飲みなさい」

薬を出そうとして、簞笥が壊されているのを見た丹下は、そうだったと言ってため息をつき、吊るしていた薬草を取って、薬研でこしらえた粉を飲ませた。

「とりあえずこれで今日は帰りなさい。薬を作っておくから、明日取りに来るといい」

「先生の胃薬はよく効くぜ」

戸口で見ていた男がそう言った。

痛みが治まった老婆が、息子に支えられて帰るのを見送った左近は、丹下の背中をたたいた。

「皆先生を信じてここに来ているのだ。これぐらいのことであきらめるな」

丹下は左近を見て真顔でうなずいた。

自分の番になった男が勝手に上がり、辛そうに丹下の前で横になって言う。

「先生、どうも身体がだるくていけねえんだ。背中も痛いしよ、どうにかなっちまったんだろうか」

丹下は応じて、患者の身体を診はじめた。

「近頃、身体のだるさを訴える患者さんが増えていますが、悪い風邪が流行っているのかもしれませんね。ここへ来られるのは初めてですね」

「他の先生のところでもらった薬がちっともよくならねぇから、丹下先生の評判を聞いて来させてもらったってわけだ。やっぱり風邪かい？」

水を汲んで戻ったおさえが、進んで片づけをはじめている。

左近が部屋に戻ろうとすると、大吉が呼び止めた。

「旦那、ちょっとよろしいですかい」

「うむ」

左近が足を止めると、大吉は丹下に聞こえるように言う。

「捨五郎の野郎は、ろくな人間じゃありませんぜ。野郎は、兄の義平さんを心配しているようですがね、あれはきっと芝居ですよ」

「なぜそう思うのだ？」

「店を手伝いもせず遊んでばかりいやがるから、義平さんに愛想を尽かされて追い出されたばかりなんです。そういうわけで、どうせ遊ぶ金欲しさに、義平さんの具合が悪いのを言いがかりにして、先生を脅しに来たにちげえねえや。今日は帰りましたがね、あの顔は懲りてねえですよ。きっとまた来るに決まってますから、先生の用心棒をしておくんなさい」

「いいだろう」

二つ返事で引き受けた左近に、丹下が驚いた。

「ご迷惑でしょう」

「おれは見てのとおり浪人だ。暇はいくらでもあるから遠慮はいらんぞ」

おさえが手を止めて言う。

「丹下先生、うちの亭主の勘はよく当たるから、用心棒をしてもらったほうがいいですよ。捨五郎の奴がまた来た時に旦那がいてくだされば、今日みたいな乱暴はしないでしょうから」

「おさえさんの言うとおりだぞ」

左近が言うと、丹下は恐縮した。

「手当てははずめませんが、それでも引き受けてくれますか」

「朝晩の飯だけでよい。何かあれば駆けつけよう」

「助かります」

頭を下げる丹下に治療を続けるよう促（うなが）した左近は、自分の部屋に戻った。

あとから入った小五郎が、腰高障子を閉めて言う。

「思わぬことで、先生に近づけましたね」

左近は床にあぐらをかき、腕組みをした。

「だが、大吉が言ったことがまことなら、丹下にまた災いが降りかかる気がする」

「捨五郎を調べますか」

「いや、丹下に降りかかる火の粉を払うだけゆえ一人でよい。小五郎は引き続き、吉良屋敷の周囲を当たってくれ」

「承知しました。片づけをすませたらすぐに行きます」

「よい。あとはやっておく」

「殿……」

「いいからゆけ」

応じて出かける小五郎を見送った左近は、食器の片づけをはじめた。

谷中のぼろ屋敷で暮らしていた頃を思い出しながら食器を念入りに洗った左近は、水を拭き取りながら、汚れが残っていないか確かめ、満足そうに微笑んだ。

四

「患者が減るどころか、増えているだと」

戻った手の者から報告を受けた日村正雪は、苛立ちの声を吐き捨てて下がらせ、憎々しげな顔で濡れ縁から座敷に戻ると、膳の前であぐらをかいた。

「酒が、まずうなりましたな」

苦い顔でそう言って杯を置いたのは、中年の太った男だ。

見るからに値が張りそうな紺地の袷を着ている男は、薬種問屋の黒丹屋新左衛門だ。

「せっかくこの薬で儲けが出はじめたというのに、丹下先生に患者を取られたせいで、さっぱり売れなくなった。飲めば身体が軽くなり、元気になるいい薬だというのにねえ」

新左衛門はそう言うと、白い紙包みを膳に投げ置き、ため息をついた。

捨五郎が薬の包みを取り、開いてみる。

「これを飲めば元気が出るのですか。いただきます」

　上を向いて、粉を口に流し込もうとした捨五郎だったが、新左衛門が手を払ったものだから、口からずれて頰が白くなった。

「旦那様、何をなさいます」

　不平を漏らす捨五郎に、新左衛門は舌打ちをする。

「それを飲めば一時は元気になるが、薬が切れれば、だるくてしょうがなくなる。熱が出た時のようにね」

「で、また薬を飲めば元気になるというわけだ」

　正雪から初めてからくりを知らされた捨五郎は、頰についた粉を慌てて拭き取り、恐れた顔をした。

　正雪が酒を飲み、腹立たしげに言う。

「丹下が長屋に来たことで町の連中がそちらに流れてしまい、わしらが作った薬を頼る者がいなくなってしもうた。捨五郎の策でうまく潰せると思うたが、どうやら、下手を打ったようだな」

　捨五郎は背中を丸めた。

「丹下の野郎に患者を取られた正雪先生の、逆恨みだとばかり思っておりましたものでも……」

「身が入らなかったとでも言うのかい」

新左衛門に厳しく言われて、捨五郎は下を向いた。

「まったく、家を追い出されたのを拾ってやったというのに、ちっとも役に立たないじゃないか」

「まあそう責め立てるな」

止めた正雪が、捨五郎に杯を差し出す。

酌(しゃく)を受ける捨五郎に、新左衛門が鋭い目を向けて言う。

「こうなったら捨五郎さん、義平さんに死んでもらおう」

「えっ」

捨五郎は絶句し、酒をこぼした。

新左衛門が捨五郎の着物を拭いてやりながら、悪い顔で告げる。

「追い出されて行き場を失っていたお前さんを助けた恩を、いつか必ず返すと言ったよな」

「だから、言うとおりにしたじゃないですか」

「しくじったんじゃ、恩を返したことにはならないよ」

「そ、それはそうですが……」

「やるのか、やらないのか。どっちだ」

恐ろしい顔で凄まれた捨五郎は、ごくりと喉を鳴らした。

「どうやって、殺すのです」

新左衛門は膳をどかせ、捨五郎と向き合って告げる。

「誰も診てくれる者がいないと言って義平さんを丹下のところに連れていき、もう一度診させるのだ。義平さんには、皆が見ている前で死んでもらおう。そうすれば、丹下はしまいだ」

「ですから、どうやって」

「慌てるな、今渡す」

新左衛門は懐から巾着を取り出し、紐を解いて黒い粒を出してみせた。

「義平さんはまだ、高い熱が出ているのかい」

「そ、そりゃもう、前の毒がよく効いていて、胃の腑がちぎれそうだと唸っています」

「ふっふっふ、そうだろうそうだろう。だが、あれの効き目はもうすぐ消える。その前に連れていって、熱が下がらないと言え。そうすれば、丹下は熱冷ましの薬を飲ませようとするだろうから、これを、今ある丹下の薬に一粒混ぜて、出かける前に飲ませなさい」

「飲んだら、どうなるのです」

「この粒自体は毒ではないから安心しろ。ただ、熱冷ましとは飲み合わせが悪く、脈が弱くなって死にいたる」

巾着袋を向けられた捨五郎は空唾を呑み、右手を出そうとして引っ込めた。

新左衛門が睨む。

「どうした。受け取れ」

「…………」

怖気づいて下を向く捨五郎に言う。

「風邪を引いて寝込んだ兄を使おうと言ったのはお前だぞ。追い出された恨みを晴らして、店を自分の物にしろ。うまくいけば、お前が寝取ろうとした兄嫁も手に入るぞ」

捨五郎の脳裏に、兄嫁のおそめの顔が浮かんだ。

おそめを密かに好いていた捨五郎は、夫婦が寝間を別々にしているのをいいことに夜這いをかけようとして義平に見つかってしまい、家から追い出されたのだ。

世間の目をはばかって、放蕩が過ぎるから追い出したことになっているが、正雪と新左衛門は真相を知っている。

　おそめに対する執着が増している捨五郎は、兄がこの世からいなくなれば、すべて手に入るのだと言われて、額から流れた汗を拭い、新左衛門に顔を向けた。

「やってやろうじゃないか」

　新左衛門は目を細める。

「なあに、これは毒ではないのだし、お上にばれやしないから恐れることはない。必ず、家を出る前に飲ませるのだぞ」

　応じて巾着を受け取った捨五郎は、懐にねじ込んで、武蔵屋に帰った。

　残った正雪と新左衛門は、顔を見合わせてほくそ笑む。

　正雪が新左衛門に杯を取らせて、酌をしながら言う。

「次はうまくやるだろうか」

「兄嫁を手に入れろと言った時の、奴の目を見ただろう。あんな痩せた女のどこがいいのかわしにはわからないが、惚れ抜いているのだ。必ずやるだろうさ」

　正雪は手酌をした酒を飲み干し、顔をしかめる。

「うまくいけば、丹下の奴めは終わる。この町はわしの物だ。若造に患者を取られてなるものか」

「あと一歩のところで丹下に邪魔をされたが、大丈夫。奴の信用が地に堕ちれば、患者は先生のところに戻ってくる。わしらの薬から逃れられなくなれば、あとは、銭を吸い取るだけだ」

「そうなれば、気に入ったおなごも思いのまま。お前がやろうとしている新しい商売にも使えるというわけだ」

「その先は、言わざる言わざる」

両手で己の口を塞ぐ新左衛門に、正雪は下卑た笑みを浮かべ、長い舌でべろりと杯を舐めた。


巾着を入れた懐を押さえて帰った捨五郎は、裏の木戸から入って勝手口へ歩いている時、井戸の水を使う音がしたので足を止めた。

こんな夜更けに水を使うのは、奉公人ではないのを知っている捨五郎は、足音を忍ばせ、物陰からのぞいた。

案の定兄嫁だった。髷を解いた長い髪を洗っている。

髪を梳く仕草が色っぽく、捨五郎は鼓動を高めて見とれた。

兄さえいなくなれば、何もかも自分の物にできる。

新左衛門の言葉が脳裏に浮かんだ捨五郎は、しっかりやらねばと思い、気づかれないようその場を離れた。

暗い廊下を義平の部屋に向かって歩きながら、井戸端にいるおそめに目を向けた捨五郎は、足を止めた。盥に左手をついたおそめが、右手で口を押さえ、声を殺して泣いていたからだ。

仲が悪いとばかり思っていただけに、義平を心配して泣く姿に、捨五郎は悲しくなった。

明日だ明日。

捨五郎は自分に言い聞かせて、臥所(ふしど)に入った。

高い熱が出ている義平は、辛そうな息をして眠っている。

起こさぬよう隣の座敷に入った捨五郎は、敷かれている自分の布団で横になったが、眠れるはずもなく、義平の息を聞きながら暗闇を見つめていた。

おそめが戻るのを待っているうちに、酒のせいでいつの間にか眠ったらしく、気づけば朝だった。

はっとして起きた捨五郎は、義平の様子を見に行く。すると、おそめはそばにおらず、義平は穏やかな寝息を立てていた。薬を飲んだ様子はない。

そっと頬に手を当ててみると、まだ熱は高い。

手拭い(てぬぐ)を替えようとして伸ばした手を、義平がつかんだ。

「すまない、起こしてしまったね」

今日でお別れだと思うと、自然に声音(こわね)が優しくなった。

薄く目を開けた義平は、大きな息をして、捨五郎を見てきた。

「なんだ、お前か」

手を離した義平は、ため息をついて背中を向けた。

そこへ、おそめが粥(かゆ)を持ってきた。

捨五郎と目を合わせぬおそめは、黙って義平を助け起こし、粥を匙(さじ)ですくって口元に向けた。

一口食べた義平は、もういらぬと首を横に振る。

粥を下げたおそめが薬に手を伸ばしたのを機に、捨五郎は声をかけた。

「おれがやるから、義姉さんは、兄さんが外に出られるよう支度をしてくれ」

おそめは戸惑った顔をする。

「どこに行くのです」

ここからが肝心だ。

自分に言い聞かせた捨五郎は、落ち着いて切り出す。

「今日は、もういっぺん丹下先生に診てもらおう。腹に効く薬を飲んでも、高い熱があると辛いだろう。先生なら、きっと早く治してくれるから」

「あの先生で大丈夫かしら」

おそめが不安そうに言い、義平にうかがう顔を向けている。

辛そうな顔をした義平は、こくりとうなずいた。

「正雪先生に診てもらうよりは、丹下先生がいい」

「よしきた。先生に来てもらうより行ったほうが早いから、駕籠を雇ってくる。義姉さん、支度を急いでくれよ」

「わかりました」

応じたおそめは、身体を冷やさぬようにするための物を用意しに立ち上がった。

捨五郎は、巾着から出した一粒を、気づかれぬよう丹下の薬に混ぜ、義平に飲ませた。

「きっと治るから」

そう言って、急ぎ駕籠を呼びに出かけた。町角で若い女を相手に油を売っていた駕籠かきのところへ走り、声をかける。

顔見知りの駕籠かきが、振り向いて神妙な顔をする。

「捨五郎さん、義平さんの具合はどうです」

「そのことだ。あまりよくないから、急いで医者に連れていきたい。引き受けてくれるかい」

「そりゃもう喜んで。おい、行くぞ」

相方に声をかけた駕籠かきが、町の娘にまたなと言い、駕籠を担(かつ)いだ。

武蔵屋の裏木戸の前に横付けさせた捨五郎は、どてらに身を包んだ義平を店の奉公人と運び、駕籠に乗せた。

簾(すだれ)を下ろし、駕籠かきたちを案内して長屋に急ぎ、丹下の部屋の前で並んでいる患者たちを抜かして戸口から声をかけた。

「先生、捨五郎だ。兄さんが苦しんでいるから連れてきた。診てやってくれ。あ？　順番なんて待ってられるか。高い熱が出てぐったりしているんだ。元々お前の薬のせいなんだから、早くしろ」

連れて入れと言われた捨五郎は、駕籠に戻って簾を上げ、ぎょっとした。義平が真っ青な顔をして、ぐったりしているからだ。

「に、兄さん、生きてるか」

うっすらと目を開けた義平が、捨五郎の腕をつかんだ。

「わたしは、もうだめだ。店と、おそめを頼む……」

「兄さん、何を……」

今さら、という言葉を呑み込んだ捨五郎は、思ってもいなかった言葉に動揺した。

義平が手に力を込めた。

「おとっつぁんとおっかさんの血を引く者は、この世にわたしとお前しかいない。わたしはこのまま死んでしまうだろうから、お前は、身体を大事にして、長生きをしておくれ。おそめは身寄りがないから、店を追い出されたら行くところがない。くれぐれも、頼む……」

どうも様子がおかしい。捨五郎は今になって後悔した。

「先生、先生早く」

大声に応じて出てきた丹下が、ぐったりしている義平を見て駆け寄り、脈を取った。

「熱が高いから、薬を持ってくる」

部屋に戻ろうとした丹下に、捨五郎がしがみつく。

「駄目だ、死んじまう」

一度はやると決めた捨五郎だが、いざとなると、兄を死なせたくなくなった。

「うう」

呻いた義平が手足を痙攣させ、泡を吹いた。

「そんな馬鹿な……」

仰天する捨五郎に、丹下が問う。

「何を飲ませた」

「そ、それは……」

「ためらっている場合ではない。わたしが出した薬では、このようにはならない。

早く手を打たないと手遅れになるぞ」

「違う、毒ではない。そう言ったんだ」

捨五郎は巾着の紐を解こうとしたが、手が震えてうまくできない。

奪い取った丹下が紐を解き、中に入っていた粒を手にして匂いを確かめ、険しい顔をした。

「これは確かに毒ではないが、身体に合わない者もいる。腹の薬でもないのに、どうしてこんな物を飲ませたのだ」

「そ、それは……」

下を向く捨五郎に、丹下は苛立った。

「とにかく中に運ぶんだ。早く！」

捨五郎は弾(はじ)かれたように動き、駕籠かきたちの手を借りて、義平を部屋に運び込んだ。

丹下が薬草を何種類か選び、薬研にかけながら言う。

「捨五郎さん、誰に渡されたのか知らないが、こんな物を飲ませたらだめだ。下手をすると、たった一人の兄弟を失うかもしれないのだぞ」

捨五郎は巾着を裏庭に投げ捨て、義平の手をにぎって必死に声をかけ続けた。

丹下が作った薬を飲ませたことで、義平の呼吸は落ち着き、顔に血の気が戻ってきた。

「先生……」

心配する捨五郎に、丹下はうなずく。

「もう大丈夫。命は助かります」

涙を流した捨五郎は、義平に平伏(へいふく)して詫びた。

「おれが悪かった。兄さん、すまない。許してくれ……」

義平は眠ったままだ。

丹下が問う。

「どうしてこのようなことをしたのです」

捨五郎は丹下に、新左衛門と正雪のたくらみをすべて話した。

丹下は肩を落とした。

「日村正雪先生には、ここに越してきた時にあいさつをさせてもらいました。まさか、恨まれていたとは」

「逆恨みですよ。おれと同じだ」

捨五郎はそう言って、義平の手をにぎった。すると、にぎり返されたので目を見張る。

「兄さん」

声をかけても、義平は目を開けない。

「もう少しかかるでしょう」

丹下にそう言われた捨五郎は、居住まいを正して、改めて頭を下げた。

「兄を頼みます」

立ち上がる捨五郎に、丹下が問う。

「どこに行くのです」

「自分のことは、自訴して始末をつけます」

捨五郎は義平を見て頭を下げ、部屋から飛び出した。自身番に行こうと路地を走り、木戸を潜って表通りを右に曲がろうとしたその時、柱の陰に隠れていた浪人者が斬りかかってきた。

突然のことに、捨五郎は身構える間もなく胸を斬られた。

「うわっ!」

一の太刀は浅手だ。

痛みに顔を歪めた捨五郎が、下がって怒鳴る。

「な、何しやがる。さては新左衛門の野郎に言われたな。口を封じようって腹か」

逃げようとした捨五郎だったが、もう一人出てきて行く手を塞がれた。編笠を着けた浪人は、無言の気合をかけて刀を横に一閃した。

逃げようとした捨五郎は背中を斬られてしまい、悲鳴をあげて倒れた。

とどめを刺そうとした浪人が刀を振り上げた時、腕に小柄が突き刺さった。

助けに走るのは、すぐそこの味噌屋で悲鳴を聞いた左近だ。

左近が安綱を抜くのを見た浪人は、騒ぎが大きくなるのを恐れて走り去った。

「おい、しっかりしろ」

抱き起こされた捨五郎は、左近の腕をつかんだ。

「だ、騙された……」

「やったのは誰だ」

「こ、黒丹屋の、新左衛門……」

捨五郎の身体から力が抜け、がくりと首が折れた。

素早く近づいてきた小五郎が、首に手を当てる。

「気を失っただけです。誰か！　来てくれ！」

助けを呼ぶ小五郎に応じて、長屋の男たちが集まり、捨五郎を丹下の部屋に運び込んだ。

傷を診た丹下は、懸命に手当てをしてなんとか血を止めはしたのだが、不安そうな顔をする。

「背中の傷が深く、このままでは、またいつ血が出るかわからない。自分一人では朝まで持たないかもしれない」

立ち上がる丹下に、左近が問う。

「先生、どこに行く」

「わたしより腕のいい先生を呼んできます」

丹下はそう言って、部屋を飛び出した。

左近は小五郎に捨五郎の看病をまかせて、丹下のあとを追った。

五

丹下が向かったのは、近くの一軒家だ。

路地を裏に回った丹下は、背伸びをして生け垣から中をうかがい、天日干しされた薬草の向こうに人影を見つけて声をかける。

「正雪先生！」

患者が悪口を言っていたのを耳にしていた左近は止めようとしたが、その前に丹下は枝折戸を開けて庭に入り、笊を手にして立っている正雪に歩み寄る。

「な、なんだいきなり」

動揺を隠せない正雪の前に行った丹下は、深々と頭を下げた。

「あなたはわたしが目障りでしょうが、今だけは、この町で患者さんたちを診させてください」

正雪は家の座敷を気にしたが、それは一瞬で、丹下の後ろに立った左近を見て、恐れた顔をする。

「丹下さんあんた、二本差しの用心棒を連れて、わしを脅しに来たのか」

丹下は左近に振り向いた。

「来ていたのですか」

「捨五郎を斬った者が逃げたゆえ、心配だったのでな」

丹下はうなずき、正雪に向く。

「聞いてのとおり、捨五郎さんが何者かに襲われ、深手(ふかで)を負って危ない状態です。刀傷を治すのに手を貸してください」

正雪は目をそらした。

「どうしてわしが、商売敵(しょうばいがたき)のお前を助けなきゃならんのだ」

「捨五郎さんの傷を治せるのは、確かな腕をお持ちの正雪先生、あなたしかいないからです」

正雪は、いぶかしげな顔で丹下を見た。

「ふふ、わしから患者を奪っておいて、よう言えたものだ」

「わたしは、奪ったつもりはありません」

「とにかく断る。帰ってくれ」

「お願いします。同じ医者として、死にそうな患者を助けてください」

食い下がる丹下に、正雪は背を向ける。

それでもあきらめない丹下は、前に回って地べたに両膝をついた。

「このとおりです。わたしが気に入らぬとおっしゃるなら、いずれ江戸を去りますから、どうか、お力を貸してください」

平身低頭(へいしんていとう)して願う丹下を見下ろした正雪は、目を細めて疑う顔をする。

「今の言葉、嘘ではないだろうな」

「はい」

「ほんとうに、江戸を去るのか」

「お約束いたします」

正雪は唇(くちびる)を引き結び、うなずいた。

「よし、では手伝ってやろう」

丹下は顔を上げた。

「ありがとうございます」

正雪の腕を引いて急ごうとする丹下だったが、

「待て！」

家の中からした大声に、正雪は足を止めた。

縁側から下りてきた五人の浪人が左近を威嚇(いかく)しながら対峙(たいじ)し、あとから来た新左衛門が、丹下の行く手を塞いだ。

脂ぎった悪党面(づら)をした新左衛門は、口の右端を上げ、人を馬鹿にしたような笑みを浮かべながら言う。

「のこのこやってきたのが、お前の運の尽きだ」

丹下が怒って返す。

「捨五郎さんがすべて教えてくれた。飲めば癖になる薬で金儲けをたくらむとは、とんでもない悪党だ」

「ふん、何を言っているのかわからないが、まあいい。お前たちを帰さなきゃ、捨五郎はこの世から消えるんだ。二人とも、あの世へ行ってもらうぞ」

声に応じた五人が、まずは左近を倒すべく抜刀(ばっとう)した。

細身の男が気合をかけて斬りかかったが、左近が安綱を抜いて打ち払う。

手から刀を飛ばされた男は、目を見張って脇差を抜こうとしたが、首に安綱を向けられて息を呑む。

男を厳しい目で見ている左近は、安綱を峰に転じるや、額を打つ。

黒目を上に向けて倒れる男を見た仲間が、怒気を浮かべて左近に向かってきた。

二人目が斬りかかった刀をすり流した左近が、肩を打つ。

一撃で倒された仲間を見た髭面の男が目を見開き、

「おのれ！」

大音声の気合をかけて向かってくる。

左近は剣気を読み、相手が斬り込む前に安綱を打ち下ろす。

葵一刀流の極意のひとつである太刀筋が勝り、刀を振り上げようとした髭面の男は右肩を打たれ、骨が砕ける音と共に悲鳴をあげ、地面に転がってのたうち回った。

葵一刀流の凄まじさを見て、一人は逃げようとした。

だが左近は、捨五郎を斬ったこの者を逃さぬ。

追って背中を峰打ちにし、一撃で倒した。

残る浪人こそが、捨五郎に深手を負わせた者。

左近に投げ打たれた小柄で腕を痛めているその男は、怒りに満ちた目をして、刀を正眼に構えた。

左近も正眼で応じ、やおら下段に転じて、刀身の腹を相手に向ける。

葵一刀流の構えを取る左近に対し、男は気合をかけ、猛然と斬りかかった。

袈裟斬りに打ち下ろされる太刀筋は鋭い。

だが、左近を斬ったと見えた刃は、空を斬る。打ち下ろしたまま刀を止めた男の背後に、左近はすり抜けている。

振り向いた男は、刀を上段に構えようとしたが、口から血を吐き、左近に峰打ちされた腹を押さえて悶絶した。

左近がその者を見もせず、新左衛門に厳しい目を向けて迫った。

「ひっ」

恐れた新左衛門は家の中に逃げようとしたが、左近に手刀で後頭部を打たれて気を失った。

息を呑んで見ている正雪に、左近が言う。

「早く行け」

「はい、今すぐに」

丹下の腕を引く正雪は、逃げるように家を出ていった。

軒先に掛けてある縄を取り、新左衛門と浪人どもを縛った左近は、表通りの店の者に頼んで自身番に走らせた。

　程なくやってきた町役人と、たまたま立ち寄っていた北町同心は、左近を綱豊と知るはずもないのだが、新左衛門と共に縛られている浪人たちを見て、頭を下げた。

「ようやってくだされた。この者たちには、手を焼いておったのです」

　左近が新左衛門の悪事を伝えると、同心はかしこまり、必ず厳しく罰すると約束した。

　身分を明かすことなく同心に託した左近は、長屋に戻った。

　丹下の部屋に入ると、丹下と正雪は力を合わせて懸命に手当てをしており、その甲斐あって、捨五郎は命の危機を脱した。

　弟を助けてくれた丹下と正雪に、義平は起き上がり、泣いて礼を言った。その横で意識を取り戻した捨五郎は、正雪を見て驚いた。

　丹下が言う。

「正雪先生が手を貸してくださったおかげで、命が助かったのだ」

　涙を流した捨五郎は、義平の袖をつかんだ。

「兄さん、身体の具合は……」

「丹下先生のおかげで、このとおり、なんとか起きられる」

捨五郎は安堵し、心苦しそうな顔で言う。

「こうなったのは、すべておれのせいだ。許してくれないかもしれないが、このとおり、あやまります」

「傷が開くから、もうしゃべるな」

捨五郎は首を横に振る。

「兄さんが、親の血を引くのはおれたちだけだ、あとを頼むと言った時、おれはなんて馬鹿なことをしたんだと思った。兄さんの気持ちも知らずに、ほんとうに、悪いことをしました」

「もういいから」

「これからはこころを入れ替えて、迷惑をかけず一人で生きるから、兄さんは、店を守ってくれ」

「信じていいんだな」

捨五郎はうなずいた。

「もう二度と、兄さんを困らせはしない」

義平もうなずき、捨五郎の手をにぎった。

「その気があるなら、暖簾分けをしてやる」

「えっ」

「お前はおとっつぁんに似て商才があると、おっかさんが言っていたんだ」

「おっかさんが、そんなことを……。初めて聞いた」

「今初めてしゃべったからな。お前なら大丈夫だ」

「兄さん……」

捨五郎は涙を流して喜んだ。

仲直りをした兄弟を見ていた正雪が、丹下に向いて居住まいを正した。

「悪いことをした。このとおりだ」

頭を下げる正雪に、丹下は首を横に振って問う。

「自訴をするおつもりですか」

正雪は真顔で言う。

「黒丹屋が作った薬は、害がある物ではないのだ。金欲しさに、効き目があると思い込ませていた」

「では、先生にお咎めはないでしょう」

「まあそれは、お上が決めることだ。もしも許されるなら、これからは、前にも増して、患者のために生きるとしよう」

居心地が悪そうに言う正雪に、丹下は笑顔でうなずく。

すると、戸口にいた中年の男が声をかけた。

「正雪先生、元気になる薬を持っていたら、おれにくれよ」

正雪が厳しい顔を向ける。

「あんな物は、もうない。お前さんは酒をやめれば元気になるぞ」

「そりゃそうだ」

横にいた女が言うと、他の患者たちが笑った。

丹下に頭を下げられた左近は、よかったなと言い、気になっていたことを口にした。

「まことに、江戸を去るのか」

「はい」

「発つ日は、もう決めているのか」

丹下は神妙な顔で答える。

「決めてはおりませんが、そう遠い話ではありません」

正雪が問う。

「江戸を出て、どこに行くのだ」

「西国で、待っている人がいますから」

「ほう、おなごか」

　正雪の問いに、丹下は微笑む。

　左近は、ふと視線を感じて振り向いたのだが、そこには談笑する町の者の姿があるだけだ。

「新見殿、どうされました」

　丹下に訊かれた左近は、あるじの意を汲んで飛び出した小五郎が、首を横に振るのを見て応じる。

「気のせいだったようだ」

「そうですか」

　表に奥田孫太夫がいた気がした左近だが、不安そうな顔で、探るような目を向ける丹下を気にさせまいと、伏せておいた。

　左近の気持ちなど知らぬ長屋の連中は、何ごともなかったかのように丹下の部屋から離れていき、路地では子供たちが元気に遊ぶ、いつもの長屋の光景に戻ったのだった。

第四話　忠義の誉

一

「殿、城の行事もございます。また、国許からも殿のご判断を仰ぐ書状が多数届いておりますから、そろそろお戻りになっていただかなくてはなりませぬぞ」

町の隠居になりすまして訪ねてきた又兵衛が、困った面持ちで頭を下げて願う。

髷に白髪が交じった頭を見下ろした左近は、手を取って顔を上げさせようとしたが、又兵衛は身を硬くして応じない。

左近は又兵衛の本音がわかっている。将軍綱吉に、何か釘を刺されたに違いないのだ。

「余はもう少し、孫太夫殿が来るのを待ちたい」

又兵衛は顔を上げた。その目つきは先ほどの弱々しさとは打って変わり、元大目付のものになっている。

「何ゆえ、吉良屋敷の周りをうろうろなされます」

「知っていたのか」

苦笑いをした左近は、

「喉が渇いておろう。今茶を淹れてやる」

立とうとしたが、又兵衛が膝を進めて腕をつかんで止める。

「殿は仇討ちをお止めになりたいのでしょうが、万が一、赤穂の浪人たちが吉良屋敷へ討ち入りますと、手引きをしたと言われかねませぬ。それこそ、殿を貶めんとする者にとっては格好の種。どうか、お慎みくだされ」

平身低頭して懇願された左近は、誰が貶めると言うのだと反論しようとしたが、何かとやかましい柳沢吉保よりも、この時はなぜか、鶴姫が輿入れしている紀州徳川家が頭に浮かんだ。柳沢が相手ならば、又兵衛は名指しで告げるからだ。

「又兵衛の耳に入れたのは、公儀の者か」

「それがしの家来です」

「ならば案ずるな」

「いいえ、心配です。吉良屋敷に近づかぬとお約束くださるまでは、ここを動きませぬぞ」

「やはり、何かあるのだな。蜜柑がよう穫れるあたりの者が、余の動きを探っておるのか」

暗に紀州を示すと、又兵衛は表情を曇らせ、うなずいた。

「何があったか、包み隠さず申せ」

「まだ何もありませぬ。が、殿にその気がなくとも、世の中には次期将軍に望む声が根強くあり、桂昌院様が高みに上がられてからというもの、不景気に不満を持つ民からは、その声がますます高まっております。鶴姫様がおられます紀州徳川家にしてみれば、おもしろうないでしょう」

「そう決めつけるな」

左近は、先ほど頭に浮かんだ思いをかき消し、己に言い聞かせるように又兵衛をたしなめる。

だが、又兵衛は引かぬ。

「紀州を侮ってはなりませぬ。ほころびを見つけると、一気に潰しにかかりますぞ」

左近はそこまで深刻に考えてはいなかったのだが、否定をすると又兵衛は帰りそうにない。

「あいわかった。吉良の屋敷には近づかぬ」

「誓っていただけますか」

しつこくする又兵衛の目は、真剣そのもの。

左近は、その場しのぎでは見透かされると思い、二度と行かぬと約束した。

又兵衛はそれでも、屋敷に戻るよう粘ったが、左近の説得でようやく腰を上げた。

「くれぐれも、お気をつけくだされ」

土間で頭を下げた又兵衛は、腰高障子を開けようとして、ふと思い出したように振り向く。

「皐月殿が、殿の身の回りのお世話をさせるために、おこんを来させたいと申しておりましたが……」

「よい」

「まことに、不便ではござらぬのか」

「水仕事は、案外楽しいぞ」

「なんとも……」

甲府宰相ともあろうお方が、と言いたそうにしながらも声を呑んだ又兵衛は、渋い顔をして帰っていった。

閉められたばかりの腰高障子をたたいた者が、声をかけてきた。

「もし、よろしいですか」

男の声に応じて、左近は土間に下りて戸を開けた。

三十代の武家男が、一歩下がって一礼した。

「それがし、峯崎弥祐と申します。今日から大吉殿の隣に住むことになりました」

大吉夫婦が暮らす部屋の隣を手で示して告げる峯崎は、笑顔が優しい。

左近も笑みを浮かべて応じる。

「新見左近です」

「新見殿、どうぞよろしく。これは、お近づきのしるしです」

差し出したのは、鯵の干物だ。

どうして鯵の干物なのかと左近は思ったが、峯崎は言う。

「浪人暮らしは長いのですか」

この言葉で左近は納得した。食い詰めていると思っての、お節介のようだ。

「まあ、長いといえば……」

「長いですか、そうですか。いやあ、それがしも旅をして江戸に流れ着きましたが、食い物を買う金がないというのは、辛(つら)いものですな。新見殿は、何をして食べておられるのです」

「父が遺(のこ)してくれた蓄(たくわ)えで……」

「ははあ、なるほど。それは結構ですな」

いちいち言葉を被(かぶ)せる峯崎は、ではまた、と話を切り上げ、忙しそうに長屋の路地から出ていった。

ただのあいさつだったのだろうと思った左近は、一枚だけの鯵の干物を紙に包んだ峯崎のお節介に、

「浪人同士、というわけか」

くたびれた木綿(もめん)の着物と袴(はかま)を着けて颯爽(さっそう)と歩く後ろ姿に微笑(ほほえ)み、厚意(こうい)をありがたく受けて晩飯のおかずにしようと決めて、さっそく炭を熾(おこ)しにかかった。

二

西村丹下のところには、相変わらず大勢の患者が来ているのだが、奥田孫太夫は一向に姿を見せない。

共に暮らしていたというのは、やはり丹下の父親であって、国に帰ったと言う

のなら、孫太夫はたまたま診てもらいに来ただけだったのかもしれない。

ここに来て、左近はそのように思うようになり、桜田の屋敷に戻って他を捜すことを考えはじめていた。

峯崎の行動が気になると小五郎が告げたのは、そんな時だ。

峯崎が越してきて今日で八日になるのだが、毎日朝早く出かけ、帰るのは夜が更けてからだった。

それのどこが気になるのか、左近が問うと、小五郎は、峯崎が丹下と親しそうに話しているのを見て、赤穂の浪人ではないかと疑い、探っていたという。

「仕事をするでもなく、ただ町を歩き回っているのです」

こう告げられた左近は、火鉢の炭が崩れたのを箸で整えた。炭が小さく弾けて火の粉が上がるのを目で追い、小五郎の顔を見て考えを告げる。

「吉良家の屋敷に近づいたか」

「昨日と今日、周囲を歩いておりました」

「そうか。では、引き続き目を光らせてくれ」

「承知いたしました」

翌日、左近はいつものように町を出歩いて孫太夫を捜した。

丹下には、孫太夫が現れれば教えてくれと頼んであるため、そう遠くへは行かず、長屋の近くの水茶屋に座り、通りを行き交う者たちを眺めていた。だが、今日も見つけられず、夕方にはあきらめて長屋に戻った。

部屋に入り、湯を沸かしながら、格子窓から丹下の部屋を何気なく見ていると、顔見知りの男が目の前を部屋に戻っていたのだが、前から来た男に声をかけ、立ち話をはじめた。

呼び止めた男が、峯崎の部屋を指差して小声で話す内容は、丹下の患者に聞こえぬよう壁際に寄っていたため、格子窓のそばにいる左近の耳に届いた。

その男は荷物を運ぶ仕事をしているのだが、今日は早く終わったため、仕事仲間と大川沿いの徳兵衛という飯屋で一杯ひっかけていた時、先に来ていた峯崎が酒に酔い潰れて寝ていたという。

呼び止められたほうは、面倒くさそうに応じる。

「それがどうしたってんだよ。おめえだって、いっつも酔い潰れてるじゃねえか。じゃあな」

行こうとするのを、腕をつかんで止めた男は、低い声で続ける。

「大事なのはここからだ。誰にも言うんじゃねえぞ」

「わかったから、早く言えよ。おれは忙しいんだ」

「聞いて驚くな。峯崎の旦那は、起こした徳兵衛のおやじをつかまえてよ、こうおっしゃった」

男は下唇を出して顔を作り、武士らしい言い方に変えた。

「拙者は、仇討ちをするために江戸に来た。返り討ちにされて命を落とすかもしれぬので、もう少し飲ませてくれ、頼む、とな……」

「おい、そいつはほんとうか」

「おう、この耳で確かに聞いた」

「それじゃ、旦那は……」

「間違いない。赤穂の浪人様だ」

「仇討ちがあるのか」

「しっ。大きな声で言うな」

教えたほうの男があたりを見回したので、左近は格子窓から離れた。

誰にも言うなと口止めをしながら、二人の男は肩を並べて左近の部屋の前を通り過ぎていく。

そのような動きがほんとうにあるのか、小五郎に確かめるべく帰りを待っていると、夜が更けてから戻ってきた。

「峯崎殿は、今どうしておる」

戸を閉めるのを待って問う左近に、小五郎は不思議そうな顔をした。

「部屋に戻りましたが、何かございましたか」

「ちと、小耳に挟んだのだ」

長屋の男たちが話していた内容を教えると、小五郎は神妙に頭を下げる。

「実は、わたしもそのことをお伝えするつもりでした。確かに、店の者にそう話しておりました」

「赤穂の者か、確かめてくれ」

「承知しました」

「いや、やはりよい。明日はおれが峯崎殿を探ろう。小五郎はここを頼む」

折を見て酒にでも誘い、酔ったところで切り出そうと考えた左近は、小五郎と夜食をとり、夜着(よぎ)に包(くる)まった。

翌日、出かける峯崎のあとに続いた左近は、適当な距離を取って歩いた。

町を歩く峯崎は、人を捜しているように見える。誰を捜しているのかは見当もつかぬが、赤穂の者ならば、このあたりに潜伏(せんぷく)していると思われる孫太夫たちを捜し、仇討ちに加わろうとしているのではないだろうか。

悪い考えしか浮かばぬ左近は、思い切って本人に問うことにした。

「峯崎殿」

声に振り向いた峯崎は、笑みを浮かべて走り寄る。

「新見殿、仕事探しですか」

「貴殿もそうですか」

問い返すと、峯崎は微妙な顔をした。

「まあ、そんなところです。どこも不景気ですから、なかなか思うようにはいきませぬな」

「確かに……。どうです、一杯」

酒を飲む仕草をして誘うと、峯崎は好きなのか、唇を舐めた。

「いいですな。是非」

「誘っておきながら、このへんで酒を飲ませてくれる店を知らぬのですが」

左近があたりを見ながら言うと、峯崎が案内してくれた。

その店は開けたばかりの飯屋で、夕方でも早い刻限だったのでまだ客が少なく、
二人は小上がりに落ち着いた。

まずは峯崎を酔わせるべく、左近は酒をすすめる。

江戸の町を知り尽くしている左近は、仕事のことなど、他愛のない話をしながら、頃合いを待った。

鼻の頭が赤くなってきた峯崎は、初めの様子と違って饒舌（じょうぜつ）になり、江戸は暮らしにくいからはじまり、町方の暮らしがここまで大変だとは思わなかったと言う。

左近は酌（しゃく）をしてやり、思い切って切り出す。

「ところで、峯崎殿はどこの生まれですか」

すると、峯崎の顔が一瞬曇った。

「上方に近いところですよ。新見殿は？」

「江戸です」

「そうでしたか。暮らしにくいと言うて悪うござった。このとおりです」

頭を下げられて、左近は首を横に振った。

「小耳に挟んだのですが、峯崎殿、貴殿が江戸に来たのは、仇（かたき）を討つためですか」

峯崎は明らかに動揺した。

「いったい、誰から聞いたのです」

「誰とは言えませんが、徳兵衛という飯屋で話されたでしょう」

「あらぁ」

峯崎は額をたたき、首をすくめて舌を出した。

「酔っ払ってしまって覚えていないのですが、そんなことを言いましたか」

「仇討ちは、事実ですか」

「あはは、いやあ……」

しまったという面持ちで首をかしげる峯崎に、左近は真顔で問う。

「貴殿は、赤穂のお方ですか」

「いえ、違います」

嘘を言っているようには見えないが、左近は腑に落ちぬ。

「では、誰の仇を討つのですか」

「新見殿、それを聞いていかがなさる」

峯崎の表情は一見穏やかなのだが、目は違う。

左近は言葉を選び、口を開く。

「実は、人を捜しているのです。貴殿と同じく、その者も仇を討つつもりでいるのではないかと案じております」

峯崎は察したのか、何も言わず下を向いた。

左近が問う。

「峯崎殿、貴殿もそうなのですか」

「新見殿」

「はい」

「人は誰しも、何かしら悩みを抱えておるものでしょう。昨日今日知り合ったばかりの相手には、言いたくないこともあるのですよ」

突き放された左近は、孫太夫と安兵衛の居場所を問おうとしたが、一息ついて頭を冷やした。素性(すじょう)がはっきりせぬ男に訊(き)くのはよそうと思いなおし、峯崎に詫(わ)びたうえで問う。

「ひとつだけ、よろしいか」

「なんでござろう」

真顔の峯崎に、左近は告げる。

「引き返せるなら、別の道を歩むことも考えてはいかがか。武士の一分(いちぶん)も大事ですが、今貴殿の目の前にある景色がすべてではない。生きる道は、四方八方に広がっているのですから」

「確かに、おっしゃるとおりですな」

峯崎は微笑んだものの、店を出るまで、左近と目を合わせようとはしなかった。

用事があると言って長屋に戻らぬ峯崎を見送った左近は、もしも赤穂の者なら
ば、小五郎に見張らせておけば、いつか安兵衛と孫太夫を見つけられる気がして、
長屋に戻るべく歩みを進めた。

「何をするか！」

背後から峯崎の怒鳴り声がしたのはその時だ。

左近は、峯崎が左に曲がっていた辻に走った。すると、堀を背にした峯崎が、
三人の曲者に追い詰められていた。

安綱を抜いた左近が助けに走る。

気づいた曲者の一人が仲間に声をかけ、三人は人目を嫌うように走り去った。

左近があとを追おうとすると、峯崎が呻き声を吐いて倒れた。胸を押さえて、
苦しそうにしているのを放ってはおけぬ。

追うのをやめて駆け寄った左近は、峯崎を抱き起こした。

「おい、しっかりしろ」

「に、新見殿、不覚を取りました……」

「すぐ丹下先生に診てもらう。気をしっかり持て」

「かたじけない……」

　歯を食いしばって痛みに耐える峯崎を運ぶために、左近は遠目に見ていた者たちに声をかけて助けを求め、急いで丹下のところに運び込んだ。

　意識が朦朧としている峯崎は、丹下の問いに答える気力もない。

　丹下は峯崎の着物の前を開き、傷を確かめた。その痛みに呻いた峯崎は、気を失った。

「大丈夫、骨には達していません」

　丹下は左近に言い、治療にかかる。

　左近と小五郎も手伝い、半刻（約一時間）ほどかけて治療を施した結果、血は止まり、丹下が左近に安堵した顔を向ける。

「この傷だと、大事にはいたらないでしょう。五日もすれば、歩けるようになります」

「それはよかった」

　峯崎が意識を取り戻したのは、夜中だった。放っておけず、小五郎と共に付き添っていた左近は、丹下が痛み止めの薬を飲ませるのを待って、声をかけた。

「少し話せるか」

峯崎は、青白い顔を向けてうなずく。

「新見殿、おかげさまで、助かりました」

「おれのことは気にするな。それより、襲った三人は何者だ」

峯崎は下を向いて胸を押さえた。

「わけがわかりません。大石内蔵助の居場所を教えろと言われて、知らぬと答えましたら、いきなり斬られました」

左近は小五郎と顔を見合わせ、峯崎に問う。

「確かに、大石と言ったのか」

「はい。誰と勘違いをしておるのか知りませんが、江戸は恐ろしいところです」

峯崎の言葉に応じて、小五郎が言う。

「飯屋で仇討ちの話をしたのは、一度だけですか」

左近の部屋に出入りしている小五郎とも顔見知りの峯崎は、首を横に振った。

「酔っ払って、何度か……」

これに応じて、小五郎が左近に言う。

「吉良か上杉の耳に入り、襲われたのではないでしょうか」

左近はうなずき、峯崎に問う。

「おぬしを赤穂の者と見て、襲ったのかもしれぬな」

「とんでもない人違いだ……」

「峯崎殿、正直に話してくれ。まことに、赤穂の者ではないのか」

峯崎は首を横に振る。

「まったく縁もゆかりもありません。恥ずかしい話ですが、それがしは、妻に間男されて逃げられたのです。小さな城下町ですから、すぐに噂となり、恥ずかしい思いをしましたもので、妻と相手の男を恨み、討ち取ると決めて国を出たものの、どこを捜しても見つからず、気づけば五年も経っておりました」

丹下が問う。

「この長屋に来られたのは、あてがあったからですか」

「路銀が尽きてしまい、恥を忍んで江戸の藩邸におる縁者を頼りに立ち寄った際に、深川で妻に似た女を見たと言う者がおったのです」

左近もよく知る西国の大名の名を告げた峯崎は、藩が出した手形を見せ、ため息をつく。

「斬られた時、生きる道は四方八方に広がっているとおっしゃった新見殿の顔が頭に浮かびました。妻と相手の男を憎むあまり、拙者は五年も時を無駄に費やしてしまった。江戸は恐ろしいから、逃げた妻などきっぱり忘れて、国へ帰ります」

峯崎は、仇討ちを許す藩の書状を左近の前で破り、目の前が晴れたようだと言って微笑んだ。

「いい顔をしておられる」

左近は、峯崎に安兵衛と孫太夫の姿を重ね、仇討ちをあきらめてくれることを願わずにはいられなかった。

三

峯崎の傷は徐々によくなっているのだが、丹下はどことなく、元気がない。見舞いに訪れた左近には笑顔を見せるものの、峯崎が斬られてからは、様子が違うのだ。

「丹下先生、気分でも悪いのか」

左近が気にすると、丹下は問う顔を向けた。

「わたしが？　このとおりなんともないですよ」

両手を広げて笑みを浮かべる丹下に、左近は言う。

立ち上がった。


「おれの気のせいか」

「気のせいです」

丹下は峯崎の傷の具合を診て、納得したような顔をして告げる。

「峯崎さん、今日から歩いてみましょうか」

泊まって治療を受けていた峯崎は、ゆっくりと起き上がり、丹下の肩を借りて
立ち上がった。

「痛みますか」

問う丹下に、峯崎は微笑んで首を横に振る。

峯崎がゆっくり座敷を歩くのを見た丹下は、部屋に帰ってもいいと告げた。

頭を下げた峯崎は、胸を押さえて土間に下り、左近に顔を向けた。

「新見殿、この礼は、改めて」

「気にしないでくれ。それより、仇討ちはほんとうにあきらめたのか」

「はい、きっぱりと。傷の痛みが消えたら、国へ戻ります」

峯崎は笑って言い、部屋に帰っていった。

「よかった」

そう言ったのは丹下だ。

「では、わたしは往診に行きます」

今日は往診をして回る日のため、患者は来ていない。

「おれも行こう」

左近が言うと、丹下は苦笑いをした。

「用心棒はもういいですよ」

「暇だからな」

丹下は笑顔の中に、疑いの色を浮かべている。

「ついてきてもよろしいですが、奥田孫太夫殿のところへは行きませんよ」

腹を探られた左近は、笑ってごまかし、出かける丹下についていった。

本所林町五丁目の紀伊国屋長屋を訪ねた丹下は、腰高障子をたたいて声をかける。

「おはようございます。丹下です」

すると中から女の声がして、戸が開けられた。

二十代の女が、丹下を救いの神を見るような目で見た。

「先生、今日は朝から、このあたりが痛くて……」

胸をさすりながら訴えるので、丹下は心配そうに応じる。

「それはいけません。すぐ診ますから、横になってください」

心の臓が悪いのだと左近に教えた丹下は、胸を露わにするから外で待つよう告げて戸を閉め、人が開けないよう心張り棒までかった。

戸に背を向け、路地に目を向けた左近は、奥から走ってきた男児を見た。

二人の男児は、真新しい凧を手にしている。どこかの空き地に行くのだろう。からっ風が強い江戸の冬は、子供のみならず、大人も凧揚げを楽しんでいる。

丹下が出てきたのは、四半刻（約三十分）ほどが過ぎた頃だった。

見送りに出ようとした女を制して戸を閉め、左近に向く。

「お待たせしました」

左近は首を横に振り、路地の出口に向かう丹下に続く。

「先ほどのおなごは、悪いのか」

「脈が乱れていますが、たまにですから、無理をしなければ大丈夫です。親の看病で日頃からあまり寝ていないものですから、身体も悪くなりますよ」

中に別の病人もいたのかと思った左近は、部屋を振り向いた。

すると、戸を開けて顔を出していた女が頭を下げたので、左近は応じて頭を下げ、前を向く。

表の通りに出たところで、丹下は左近に告げる。

「近くにもう一軒行くところがありますので、先にお帰りください」

「いや、付き合おう」

「次は重い病気の患者ですから、長くなります。もう誰にも襲われたりしませんでしょうし、用心棒はほんとうに必要ないですから」

往診に行く先が孫太夫のところではないかと思わずにいられない左近は、それでもついていくと言い、丹下を困らせた。

「では、患者を確かめたらお帰りください」

丹下が言ったとおり、次の患者は味噌屋(みそや)のあるじで、腹の中に悪い出来物があるという。

往診に来た丹下を迎えた女房は、看病に疲れた顔をしている。

その女房が、左近に誰かと問う顔を向けた。

邪魔になると思った左近は、丹下に帰ると告げて、その場を離れた。

やはり、このまま丹下に張りついていても、孫太夫には会えそうにない。

そう思った左近は、明日は桜田の屋敷に帰ろうと思いながら、長屋に足を向けた。

部屋の戸を開けると、吉良屋敷の周辺を捜している小五郎は、まだ戻っていなかった。

竈に薪を入れて火をつけ、茶釜で沸かした湯で茶を点てた左近は、道具屋で求めた安物の茶碗を口に運び、一息ついた。そして、初めて使う茶碗をまじまじと見つめた。屋敷で使う道具もいいが、安物のこれも、手に包んだ具合と、唇に当てた時の感触は悪くない。

よい品を手に入れたと思いつつ洗っていると、戸口で丹下が訪う声がした。

茶碗を置いて戸を開けた左近に、丹下が懐から差し出したのは、小さな文だ。

「表の通りで、これを預かりました」

裏に返してみると、孫、と記されている。

孫太夫からに違いないと思った左近は、急ぎ表の通りに走った。だが、どこにも姿は見当たらない。通りの端に寄って文を開いてみると、ただ一言、捜さないでくれと書かれていた。

追ってきた丹下に、左近は問う。

「孫太夫殿に直接渡されたのか」

「いえ、路地に入ろうとしたところで、患者さんから渡されました」

左近は、本人からではないと知って肩を落とし、丹下を促して部屋に戻った。

部屋に入ろうとする左近に、丹下が声をかける。

「新見さん、どうしてそこまで、奥田さんに会いたいのです」

「話すから、入ってくれ」

応じた丹下と板の間で向き合った左近は、目を見て告げる。

「甲府藩主が、奥田孫太夫殿と堀部安兵衛殿に会いたがっておるのだ」

「えっ」

目を見開いて驚いた丹下は、左近に身を乗り出す。

「甲州様といえば、江戸の誰もが知る名君。新見さんは、甲府藩のお方なのですか」

「ちと、縁をいただいておる。この文を渡した者に、孫太夫殿に伝えてもらうよう、先生から頼んではもらえまいか」

「お受けする前に教えてください。甲州様はどうして、お二人に会いたがっておられるのでしょうか」

「甲府藩に迎えたいそうだ」

左近がそう告げると、丹下は困ったような顔をして考え込んだ。

「いかがした」

問う左近に、丹下が真顔を向ける。

「その患者さんも、頼まれただけではないかと……」

「では、おれから頼んでみよう。文を渡してきた患者に会わせてくれ」

「やめたほうがいいと思います」

「何ゆえだ」

「患者さんも困るでしょうし、無理をすれば、二度と繋ぎが取れなくなるかもしれませんから、ここは、わたしにおまかせください。それとなく、探ってみます」

「先生はほんとうに、奥田孫太夫殿の居場所を知らぬのか」

疑いの目を向ける左近に、丹下は真顔でうなずいた。

「そうか。早めに返事が欲しい。くれぐれも、よろしく頼みます」

改まって頭を下げる左近に、丹下は神妙な面持ちで応じる。

「わかりました。明日にでも、患者さんと話してみます」

丹下を頼るしかないと思った左近は、動かず待つことにした。

翌日、朝から出かける丹下がどこに行くのか探ると言う小五郎を止めた左近は、帰りを待った。

丹下が左近の部屋の戸をたたいたのは、昼過ぎだ。

共に待っていた小五郎が開けると、丹下は頭を下げ、懐から手紙を出した。

「これを、預かってきました」

小五郎が裏を見てすぐさま、上がり框にいる左近に振り向く。

「堀部殿からです」

左近が丹下に問う。

「やはり、二人は共にいるのか」

「わかりません。往診の帰りに、例の患者さんを訪ねましたところ、これを預かったから届けに行こうとしたと言われて、渡されました」

小五郎が丹下に言う。

「奥田殿は捜すなと言われ、今日は堀部殿か」

丹下は返事をしない。

左近は文を読み、小五郎に渡した。

小五郎は無言で目を通すと顎を引き、煮売り屋に戻るべく部屋を出ていった。

安兵衛が、明後日の暮れ六つ(午後六時頃)に、小五郎の煮売り屋で会おうと書いていたからだ。

左近は丹下に頭を下げた。

「先生のおかげで、安兵衛殿と孫太夫殿にやっと会える。このとおり、礼を申します」

「わたしは文を預かっただけですから」

「お手数をおかけした」

「いや……、どうかもう、頭をお上げください」

困った様子の丹下に応じた左近は、唇に笑みを浮かべて言う。

「用心棒は、ここまでとさせていただく。先生もお達者で」

丹下は問う。

「部屋を出ていかれるのですか」

左近はうなずき、安綱を手にした。

「また会うこともありましょう。では」

身ひとつで出ていく左近を見送った丹下は、ぽかんとしていたのだが、

「まあいいか」

こう言って笑い、部屋に戻った。

一日千秋(いちじつせんしゅう)の思いで待った左近は、約束の日までに、溜(た)まっていた書類に目を通し終え、小五郎の店に出向いた。

いつものように商売をしている煮売り屋に客は多かったが、小五郎は奥の小上がりを空けていた。

飲みながら世間話をするのは、三島町(みしまちょう)の長屋に暮らす職人たちで、赤穂浪士による仇討ちの声はなく、もっぱら不景気と諸色高直(しょしきこうじき)(物価高騰(こうとう))を嘆(なげ)く声ばかりだ。

権八がいればより声を大にして不満を言いそうな場の雰囲気に、左近は民の暮らしを想うのだった。

「耳が痛いな」

茶を持ってきた小五郎に小声で告げた左近に対し、小五郎は真面目な顔で言う。

「かえでが申しますには、わたしがおらぬあいだに、同業の店が軒並(のきな)み値上げをしたらしく、この店も同じ代金にするよう求められたそうです」

言っている端から、客がかえでをつかまえて、ここは値上げをしないから嬉しいと言っている。

左近が、今後も値上げをせぬようにと言おうとした時、小五郎が戸口を見て告げる。

「奥田殿と堀部殿です」

左近が小上がりから顔を出すと、気づいた安兵衛が笑みを浮かべ、孫太夫を促して近づいてきた。

「新見殿、久しぶりだな」

元気そうな安兵衛を見て、左近は胸がいっぱいになり、思わず手をつかんだ。

「やっと会えたな、安兵衛殿、孫太夫殿」

「うむ」

安兵衛は笑顔で応じ、孫太夫は申しわけなさそうな顔で言う。

「長屋の部屋を借りてまで会おうとしてくれたのに、すまなかった」

「やはり、丹下先生のところに出入りしていたのか」

「どうしても、会う気になれなかったのだ」

孫太夫は左近と向き合ってあぐらをかき、まじまじと顔を見て言う。

「このまま会うまいと思うておったのだが、安兵衛がどうしても会おうと言うものだから、恥を忍んで来た」

「恥などと……」

「改めて、仕官のことはすまなかった」

頭を下げる孫太夫に、左近は首を横に振る。

そこへ、かえでが酒肴を持ってきた。

左近が杯を差し出したが、安兵衛は受け取らず、居住まいを正す。

「左近殿、丹下先生の使いから話を聞いたぞ。おぬしなら、よい仕官先が見つかると思うていたが、あの甲州様に目をかけられるとは、さすがだな」

「いや……」

「しかし、その身なりだとまだ浪人のようだが、いつから仕えるのだ」

左近は、小五郎に目を向けた。

応じた小五郎が、客たちに詫びる。

「お客さん、すみません。急な用事ができてしまったので、今日は早じまいをさせてください」

突然の申し出に、客たちは騒いだ。

「せっかくいい気分になってきたところだぞ。もっと飲ませてくれよ」

「ほんとうにすみません。お代は結構ですんで」

「え、そいつはほんとうかい」

喜んだ客は一番に応じて、仲間を連れて帰っていく。

他の客たちは、顔見知りの左近が動かないのを見て、小五郎に言う。

「旦那に言われたのかい？」

「まあ、そんなところです」

「それじゃ仕方ねえな。ごちそうさん」

客を送り出すのを見ていた安兵衛と孫太夫が、不思議そうな顔をしている。

「いったいどうしたというのだ」

問う孫太夫は、黙っている左近をいぶかしげに見ている。

左近は、最後の一人が出たところで、居住まいを正して二人を順に見ると、覚悟を決めた表情で切り出した。

「今日は、二人に話がある」

安兵衛がうなずく。

「それはわかっている。甲州様に我らを推挙してくれたようだな」

「そうではないのだ。おれのほんとうの名は、徳川綱豊だ」

安兵衛は孫太夫と顔を見合わせ、左近の顔を見て笑いはじめた。

「いったいなんの冗談だ」

真顔の左近を見た安兵衛は、笑みを消した。

「まさか……」

「内匠頭殿に推挙してくれた時に言うべきだったのだが、あの時は、友として会えなくなる気がして言えなかった。すまぬ」

頭を下げる左近に、安兵衛と孫太夫は驚きのあまり、声を失っている。

赤穂藩士であった頃ならば、将軍家縁者と知ってひれ伏したであろうが、今の二人は堂々と向き合い、背筋を伸ばしている。

しばしの沈黙のあと、孫太夫が穏やかな表情で口を開く。

「ただならぬ御仁だと思うておりましたが、まさか甲州様だったとは。いやあ、すっかり騙されました」

「黙っていたことを、怒らぬのか」

孫太夫が微笑む。

「怒るどころか、甲州様に友だと思われていたのですから、嬉しいですぞ。のう、安兵衛」

「おれは腹が立つ。と言いたいところだが、不思議と腹が立たぬ。浪人暮らしに慣れたせいか、おれもずいぶん丸くなったものだ」

「すまなかった」

「甲州様にそのようなことをされては困ります。頭をお上げくだされ」

孫太夫に言われて頭を上げた左近は、その時見せた二人の笑顔が、どこか覚悟を決めているような気がして、焦(あせ)りさえ覚えた。

「孫太夫殿、安兵衛殿、どうか、甲府徳川家に来てくれ」

すると二人は真顔になって居住まいを正し、安兵衛が言う。

「それがしは、これと決めたお方にはとことんお仕えいたしまする。甲州様のお誘いは、武士にとってはこのうえない誉(ほま)れ。されど、今すぐ返事はできませぬ。近いうちに亡き殿の墓参りをいたしますから、そこでご報告したあとで、必ずお返事をいたします」

「それまで、お待ちいただきたい」

孫太夫が続いて言い、揃(そろ)って頭を下げる。

二人のことが心配でたまらぬ左近は、問わずにはいられない。

「よい返事を期待してよいか」

安兵衛は顔を上げ、杯を取って差し出した。

受け取らずにじっと目を見る左近に、安兵衛は微笑む。

「今は、友として受けてくれ」

「別れの杯ではあるまいな」

問う左近に、安兵衛は笑った。

「よい杯と思うてくれ」

「そうか」

左近は受け取り、注がれた酒を飲み干した。

返杯(へんぱい)をすると、安兵衛は嬉しそうに受け、孫太夫も穏やかな顔で受けた。

それからは、これまでどこで何をしていたのかという左近の問いに、二人は赤穂と京に行ったことなど、旅の話をしてくれた。

左近は、仇討ちについて問おうとしたのだが、よい杯と言った友の言葉を信じ、水を差すような言葉を控えた。

四

「おぬしらしくもない、とんだしくじりだ」

憤(いきどお)りを隠さぬのは、桜田の屋敷で左近と向き合う岩倉だ。

「亡き主君の墓参りをしたあとで、仇討ちをする気ではないのか。わたしにはそうとしか思えぬぞ」

なぜ引き止めておかなかったのかと責める岩倉に、共に聞いていた又兵衛が怒気を浮かべた顔で返す。

「岩倉殿、堀部殿は殿に仕えると申されたのですぞ」

又兵衛を一瞥した岩倉が、左近を見る。

「はっきり仕えると申したのか」

「別れの杯かと問うたら、よい杯だと……」

左近は不安になってきた。

「はっきり言われたわけではない」

「では、わたしがはっきりさせてやる。今日は、大石内蔵助殿の居場所を突き止めたゆえ知らせに来たのだ」

左近は身を乗り出す。

「それはまことか」

「嘘を言うてどうする」

「どこにいる」

「日本橋の本石町だ。小山屋弥兵衛の長屋に、替え玉から聞いていた特徴の男を見つけて当たってみたところ、江戸では垣見五郎兵衛と名乗っておった」

岩倉が話し終えぬうちに、又兵衛が口を挟んだ。

「本人に確かめられたのか」

「むろんだ」

岩倉は左近を見た。

「おぬしが会いたがっていると話したところ、応じてくれた。今長屋に待たせている」

左近は立ち上がった。

「すぐ着替えるゆえ案内してくれ」

「承知した」

「又兵衛も供をいたせ」

「はは」

応じた又兵衛は、慌てて着替えに走る。

三人で桜田の屋敷を出た左近は、又兵衛を町駕籠に乗せて日本橋に走った。

大石内蔵助にやっと会える。仇討ちをやめさせるための策をいくつか考えていた左近は、じっくり話をするつもりだった。

だが、大石は部屋にいなかった。

近所の者から話を聞いた岩倉は、戻ってくると、左近と又兵衛を人の耳目がない路地に誘い、厳しい顔をして告げる。

「やられた。わたしが去ったあとすぐに、引き払ったそうだ」

又兵衛が問う。

「家財が残っておるが」

「次の者に使わせてくれと言うたそうだ」

「では、待っても戻らぬか」

左近の問いに、岩倉はそういうことだと答え、続ける。

「他にも何人か、同じように引き払っている。いずれの者も、よくできた人物だったと言うておるところを見ると、大石殿の配下に違いない」

又兵衛が悔しがった。

「一足違いでしたな」

岩倉がうなずき、左近に顔を向ける。

「わたしも、偉そうなことは言えぬな」

「大石殿は、やはり噂のとおり、ひとかどの人物のようだ」

「古狸（ふるだぬき）だ。これこそ、仇討ちが近い証（あかし）だとは思わぬか」

「おれも今、そう思うていたところだ」

「堀部殿と奥田殿が言うた墓参りというのは、亡き内匠頭殿に戦勝を祈願するつもりに違いない。泉岳寺（せんがくじ）で待って、説得してはどうか」

岩倉の提案に又兵衛が反対した。

「殿、年末の行事も詰まっておりますから、いつ来るかもわからぬ者を待つ暇はありませぬぞ。ここは、小五郎殿におまかせください」

「それでは間に合わぬ気がするのだ」

左近の焦りように、又兵衛は驚いた。

「仇討ちが近いと、確信しておられるのですか」

「わからぬ。だが、胸騒ぎがしてならぬのだ。こうしているあいだにも、泉岳寺へ行っているかもしれぬゆえ、急ぎ向かうぞ」

岩倉は応じたが、又兵衛は従わなかった。

「それがしは、やり残したことがございますゆえ、一旦屋敷に戻ります」

「又兵衛は来ずともよい」

左近は又兵衛と別れ、岩倉と二人で泉岳寺に急いだ。

夕方に到着した左近は、寺の者に安綱の金鎺を見せて身分を明かした。

徳川綱豊が足を運んだことに驚いた住持が出迎え、宿坊に案内しようとするので左近は断り、大石内蔵助をはじめとする赤穂の者たちが来たか否か、包み隠さず話すよう促した。

住持は神妙に応じて、一人も来ていないと答える。

岩倉が左近に言う。

「よかったな」

「うむ」

安堵する左近を横目に、岩倉が告げる。

「ご住職、宿坊で待たせてもらう。大石内蔵助殿が来られたら、わたしたちがおることを伏せて、宿坊にお通ししてくれ」

「承知いたしました。寺の者にも、周知いたしまする」

左近に頭を下げた住持は、自ら宿坊に案内してくれた。

庭が望める座敷に入った左近は、岩倉と共に座し、夜を迎えた。

「おそらく、今夜は来ぬであろう」

夜食をとりながら、岩倉がぼそりとこぼす。

左近は箸を置いた。

「来るまで待つだけだ」

岩倉は箸を止めて、左近を見る。

「信じておるのだな、あの二人を。わたしは、煙に巻かれた気分だ」

左近は、深川で峯崎が斬られた話をした。

「吉良と上杉の手が伸びたのを察知して、ただ住まいを変えただけかもしれぬ」

望みを捨てていない左近の前向きな言葉に、岩倉は渋い顔をして食事に戻った。

五

よく晴れたこの日、岩城泰徳は道場の休みを利用して、近所の料理屋で昼を食べるため、お滝と雪松を連れて出かけようとしていた。

念入りに支度をするお滝を待つあいだ、兵法書を読んでいた泰徳は、裏庭に気配を察して顔を向けた。

雪松が走ってきたのは程なくのことだ。顔を紅潮させている。

「雪松、慌てていかがした」

「父上、堀部様と奥田様がまいられました」

「何っ！」

泰徳は兵法書を閉じる間も惜しんで廊下に出た。

「お通ししたか」

「はい。道場に……」

「よし。お前は母上と出かけなさい」

「父上、わたしもお話を聞きとうございます」

「もう店には頼んであるのだ。せっかくの料理が無駄になるから行きなさい。帰りに、三人分の料理を持って帰ってくれ」

「そういうことでしたら、喜んで」

笑顔で応じて母のところへ走る雪松に微笑んだ泰徳は、表情を引き締めて道場へ向かった。

並んで正座していた孫太夫と安兵衛が、泰徳の顔を見て白い歯を見せる。

「先生、お久しゅうござる」

明るく言う安兵衛に歩み寄った泰徳は、手を取ってにぎりしめた。

「お二人とも、捜しましたぞ。今日まで、どこで何をしておられた」

「話せば長くなります」

「時はたっぷりあります。是非お聞かせくだされ」

手を離さぬ泰徳に、安兵衛は困ったような笑みを浮かべた。

「いやあ、実に大変でした」

くつろいだ様子で言った孫太夫が、あぐらをかいて笑顔を向ける。

「殿が刃傷(にんじょう)に及ばれたせいで思いもよらず路頭に迷うことになってからというもの、赤穂へ行ったり、上方と江戸との往復の日々でした。ここに来て、ようやく先が見えてきましたから、今日は先生の顔を見に行こうという話になり、お邪魔をした次第でござる。ご子息はいい着物を着ておられましたが、お出かけの予定でございましたかな」

「いつでも行けますから、気にしないでください。それより、もっと話を聞かせてくだされ。先が見えたと言われたが、仕官が決まったのですか」

「そのことです……」

安兵衛が孫太夫にかわって口を開く。

「先日、甲州様に家来になるよう言われました。まさか新見殿が甲州様だったとは……。先生は、当然ご存じだったのでしょう」

「そうか、綱豊殿は、身分を明かされたか」

「お人が悪い」

先が見えたというのは、このことだったか。

そう思った泰徳は、真顔で応じる。

「すまぬ。身分のことは、わたしの口から言うわけにはいかなんだのだ」

「そうでしたか。前言を撤回します」

安兵衛はそう言うと、唇に笑みを浮かべた。

泰徳も笑う。

「綱豊殿は、ご存じのとおり、身分を隠して市中にくだり、民の暮らしを見ておられます。側近の方々を見ていると、仕えるほうは苦労がおありでしょうが、わたしは、いずれ将軍家を継ぐお方だと信じて疑いませぬ。お二人とも、どうか、綱豊殿の力になってくだされ」

頭を下げる泰徳に、孫太夫が大真面目な顔で言う。

「先生こそ、力になるべきではござらぬか」

顔を上げる泰徳に、孫太夫は続ける。

「民のためになっているのは、先生も同じでしょう。綱豊様から、誘われているのではないですか」

「言われてみれば、声をかけられた覚えがありませぬな。長い付き合いで遠慮がありませんから、煙たがられているのでしょう」

そう言って泰徳が笑うと、二人も表情を崩した。

泰徳が言う。

「のちほど料理が届きますから、今日はゆっくりしていってくだされ」

孫太夫が喜んだ。

「かたじけない」

安兵衛が孫太夫を見て、泰徳に顔を向ける。

目を合わせた泰徳は、改まって言う。

「綱豊殿の家来になると、言うてくだされ」

すると安兵衛は、壁に掛けてある木刀のところに行き、二本手にして戻ってくると、泰徳の前に一本を置いた。

「それがしと勝負して先生が勝てば、お仕えいたしましょう」

これには孫太夫が驚いた。

「おい、安兵衛……」

「はっは、冗談ですよ。先生、ご馳走が届く前に、久しぶりに一手ご指南賜りたい」

泰徳は快諾し、羽織を取って木刀を手にすると、道場の真ん中に進む。

向き合う安兵衛は、楽しそうな顔をして正眼に構えた。

「甲斐無限流の必殺技を見せてくだされ」

「承知した。綱豊殿に仕えていただきますぞ」

泰徳は正眼の構えから左足を前に出し、柄を右胸に引き寄せて刀身を真上に立てる構えに転じた。

安兵衛は、油断なく間合いを詰める。

泰徳は、安兵衛の気迫に押されて引き、間合いを空けた。と、次の刹那、安兵衛の切っ先が目の前に迫る。

泰徳は木刀で受け止め、刀身を巻くようにすり流して安兵衛を離す。そして、安兵衛が振り向いたところへ打ち込んだ。

「えいっ！」

気合をかけて振り下ろした一刀を、安兵衛は受け止める。

泰徳は、必殺の体当たりを食らわした。だが、当たった感触は軽い。ふわりと浮いたように見えた安兵衛の目は、慌てることなく泰徳を見ている。

その目と目が合った泰徳は、背中がぞくりとした。

着地した安兵衛はそのまま腰を低くし、前に跳ぶ。

刀を打ち下ろす前に無言の気合をぶつけられた泰徳は、ピリッと刺すような感覚に襲われ、思わず跳びすさった。

そこへ安兵衛が迫り、袈裟懸け（けさが）けに打ち下ろす。

「おう！」

泰徳が打ち下ろした木刀と当たって切っ先がそれ、木が焦（こ）げた臭（にお）いがする。

肩と肩がぶつかり、甲斐無限流の真骨頂（しんこっちょう）である体当たりにより、安兵衛は弾き飛ばされた。

切っ先を向けて迫る泰徳。

「まいった！」

安兵衛は、手のひらを向けて声をあげた。

泰徳が木刀を引くと、安兵衛は安堵の息を吐いて立ち上がり、両者中央で礼をした。

安兵衛が表情をゆるめる。

「いやあ、相変わらずお強い」

だが泰徳は、笑えなかった。安兵衛に、ただならぬ殺気を感じた一瞬があったからだ。

「約束は守っていただくぞ」

泰徳が詰め寄るように言うと、安兵衛は眉尻を下げた。

「甲州様に、お仕えする話ですか」

「今からわたしと、桜田の屋敷へ行こう。奥田殿、よろしいですね」

孫太夫は笑った。

「先生、いかがなされました。顔が怖いですぞ」

安兵衛も笑う。

「今すぐでなくてもよいでしょう。汗を流してきます」

泰徳は、安兵衛の前に立ちはだかった。

「汗はかいておらぬだろう。桜田の屋敷に行かぬなら、ここから出すわけにはいかぬ」

安兵衛は笑顔を消さず応じて下がり、己の大小を手にした。

刀を抜く気かと、泰徳は緊張した。

だが、安兵衛は刀を横にして、泰徳に歩み寄る。

「これをお預けしますから、汗を流させてください」

泰徳は木刀を投げ捨て、差し出された大小を受け取ろうとしたのだが、安兵衛は一瞬の隙を逃さず大刀を転じた。

柄頭で腹の急所を突かれた泰徳は、息ができなくなり、片膝をついた。それでも、安兵衛を行かせまいとして袴に手を伸ばす。

下がって離れた安兵衛は、目を赤くして頭を下げた。

孫太夫が安兵衛の横に立ち、優しい笑みを浮かべる。

「泰徳殿、今日は楽しゅうござった。さらばだ」

声が出せぬ泰徳は、手を伸ばすのがやっとだった。止めようとする手を見ていた安兵衛は、想いを断ち切るように横を向き、道場から出ていった。

泰徳は呻いたが、目の前が暗くなり、不覚にも気を失ってしまった。

雪松が呼ぶ声に目を開けた泰徳は、はっとして起き上がったものの、腹の痛みに顔をしかめた。

「父上、腹が痛いのですか」

心配する雪松が、腹をさすってくれた。

「背中を頼む」

応じた雪松が、背中をさすりながら言う。

「鳩尾(みぞおち)をひと突きで気絶させたのは、堀部様ですか」

「油断した」

泰徳はここが道場だとわかり、立とうとしたところへ、お滝が水を入れた桶(おけ)を手に入ってきた。

泰徳が座っているのを見て安堵する顔をしたが、すぐに表情を引き締めて問う。

「お前様、何があったのです」

「安兵衛殿と孫太夫殿を足止めしようとして、やられた。今何刻(なんどき)だ」

「八つ時（午後二時頃）です」

「まだ近くにいるな」

泰徳は立ち上がり、安兵衛と孫太夫を捜しに出ようとしたのだが、お滝が立ちはだかって両手を広げた。

泰徳がいぶかしむ。

「なぜ止める」

「お前様を気絶させてまで去られたお二人のご覚悟を、もはや止めることはできませぬ」

「言われなくともわかっている。だが、あの二人を喪えば、左近が悲しむのだ」

行こうとした泰徳だったが、お滝が腕をつかんで離さぬ。

「離してくれ」

「離しませぬ。行けば、次は気絶ではすみませぬ。どちらかが命を落とします」

「そのようなこと……」

ないとは言えぬ。

「それでも、止めねばならぬのだ」

振り払おうとする泰徳の腰に、雪松がしがみついた。

泰徳が手をつかむと、雪松は力を込めて離れぬ。

「お前様、行ってはなりませぬ」

「わかった。だが、左近には知らせねば。桜田に行く」

「嘘をおっしゃい」

「嘘ではない」

「でも離しませぬ。左近様が行かれれば、次は左近様と斬り合いになります」

泰徳は手を離そうとしたが、お滝は首を横に振り、抱きついた。

雪松にもしがみつかれた泰徳は、親を心配する我が息子の気持ちを察して腕をつかむと、天を仰ぎ、きつく目を閉じた。

六

「殿！　殿はいずこにおわす！」

境内(けいだい)でする又兵衛の声に、昨日から宿坊にいた左近は、尋常ならざる気配を感じた。

岩倉もそう感じたらしく、

「おい」

と、左近を促して先に立った。

廊下に出た岩倉が声をかけると、又兵衛は走ってくる。

座して待つ左近の前に正座した又兵衛が、息を切らせながら言う。

「殿、堀部安兵衛殿から文が届きました」

左近は又兵衛の目を見た。

「なぜ慌てる」

「堀部殿は、亡きご主君の墓参りをしたあとで返事をすると申したはず。文を送ってくるのは妙です」

確かに又兵衛の言うとおりだと思った左近は、文の封を切って開いた。

「せっかくのお誘いですが、やはり亡き殿のご恩に報いたく……」

ここまで読んだ左近は、ふと気づいた。

「しまった。今日は内匠頭殿の月命日だ」

立ち上がって座敷から出ようとする左近に、又兵衛が膝を転じて声をかける。

「どちらに行かれます」

「吉良の屋敷だ」

「殿を止めよ」

又兵衛の声に応じて、かつての近侍四人衆たちが現れて行く手を阻んだ。

安兵衛から文が届いたことで、又兵衛は仇討ちを疑い、左近が止めに走った時のために、三宅兵伍たちを連れてきていたのだ。

安兵衛の文を手にした又兵衛が目を通し、左近に差し出す。

「殿、最後までお読みくだされ」

兵伍たちに止められているのを見た又兵衛は、先ほどとは違い落ち着いている。

左近は又兵衛の手から文を受け取り、目を通した。

安兵衛は、亡き内匠頭が仕損じた吉良の首を取り、忠義を貫く(つらぬ)と書いていた。

それでも行こうとする左近に、岩倉が言う。

「吉良の屋敷に行けば、たとえおぬしでも、赤穂の者たちは斬りかかってくるぞ」

無言で行こうとする左近だったが、近侍四人衆が懸命な面持ちで場を空けぬ。

岩倉が左近の腕を引く。

「もうあきらめろ。この文が、赤穂の者たちの本心だ。恨みで吉良を討つのではないだけに、どうあがいたところで止められはせぬ」

「さよう」

又兵衛が、目に涙を溜めて続く。

「主君のためにことを起こす赤穂の者たちは、武士の鑑(かがみ)ですぞ」

左近は、安兵衛の文をにぎりしめ、その場で片膝をついてうな垂れた。

岩倉が左近の心中を察して肩に手を伸ばし、力を込めた。

夕方まで待った左近は、日が暮れる前に泉岳寺をあとにした。

自宅に帰ると言う岩倉に、左近はうなずく。

「また会おう」

「おぬしは、桜田の屋敷に帰るのか」

「お琴のところに行こうと思う」

岩倉は、左近をまじまじと見てきた。

左近が問う顔を向けると、岩倉は真顔で告げる。

「ひどい顔をしておる。今日は藩邸に帰ったほうがいいんじゃないか」

左近は、手を頬に当てた。

「大きなお世話だ」

岩倉は薄い笑みを浮かべ、じゃあまたな、と言って、別の方角へ歩いていった。

お琴に会いたかったが、養女のみさえの前で明るくできる気がしない左近は、控えている又兵衛に顔を向けた。

「藩邸に戻る」

「承知いたしました」

又兵衛は、四人衆に安堵の顔でうなずき、左近のあとに続く。

日が暮れて桜田の藩邸に戻った左近は、軽く夜食をとり、書類に目を通そうとしていたのだが、そこにおこんが来た。

「殿……」

左近が書類から顔を上げると、おこんは目線を下げた。

「今夜は冷えますから、身体が温まる薬湯(くすりゆ)をご用意いたしました」

共にいた又兵衛がうなずく。

「殿、せっかくですから、お入りください」

「うむ。ではそうするか」

薬湯に浸(つ)かりながら考えるのは、やはり、安兵衛と孫太夫のことだ。

この寒空の下、今頃はどこで何をしているのか。

亡き主君の月命日だけに、胸騒ぎがしてならない。

どうにもならぬもどかしさに、左近は目をつむる。

湯から上がり、脱衣場に出ると、おこんが湯上がりの着物を開いて待っていた。

背を向けて袖(そで)を通す左近に、おこんが言う。

「お辛いことがございましたか」

やはり、岩倉が言ったとおりだ。

お琴のところに行かなくてよかったと思った左近は、横を向いた。

「ひどい顔をしておるか」

「いえ。何度もため息をついてらっしゃいましたから」

自分ではまったく気づいていなかった左近は、苦笑いをした。

「心配させてしまったな。友のことを考えて、つい出てしまったようだ」

おこんは、戻る左近に声をかけようとしたのだが、いざとなると勇気が出ず、ただじっと見つめている。

左近は立ち止まった。

「おこん」

「はい」

「いい湯だった。おかげで、よく眠れそうだ」

左近が微笑むと、おこんは嬉しそうに白い歯を見せた。

寝所で布団に入った左近は、一日何も起きなかったことに安堵し、夢を見て目がさめた。いつの間にか眠っていたのだ。

有明行灯（ありあけあんどん）が灯（とも）っているため、まだ夜中なのだろう。

左近は目を閉じて、夢を思い返す。

安兵衛と共に、商家に押し入った賊どもを捕らえんと対峙（たいじ）している時、新手に囲まれたところで目がさめたのだ。

かつて、家来を率（ひき）いて元大名の盗賊一味を捕らえたのを思い出した左近は、有明行灯の明かりに浮かぶ天井を見つめた。

安兵衛と共に、民の安寧のために励みたかった。

もう叶わぬ夢なのだろうか。

月命日に何もなかったのだから、まだ望みはあると自分に言い聞かせた左近は、明日は丹下のところに行き、繋ぎを取ってもらうことにした。今一度、説得しようと思ったのだ。

それからは眠れず、朝を待った。

鶯張りの廊下が遠くで鳴っているのに気づくと、程なくして音がしなくなり、雨戸が閉められている寝所の廊下に蠟燭の明かりが差して、障子に映える人影が座った。

そろそろ起きる刻限だと思っていると、

「殿、岩城泰徳様が、火急の知らせでお目通りを願われてございます」

宿直の小姓の声に、左近は身を起こす。

「何があった」

「おっしゃいませぬ。急ぎお出まし願いたいと、表玄関で待たれてございます」

「今何刻だ」

「明け六つ（午前六時頃）を過ぎたところにございます」

左近は障子を開けて廊下に出ると、雨戸を開けた。外はいつの間にか雪が積もっている。

本所石原町（いしわらちょう）からだと、小五郎ならば四半刻もかからぬが、泰徳はどれほどかかったのだろうか。

「着替えを玄関に持ってまいれ」

「はは」

左近が安綱を手にしているのを見た小姓は、応じて納戸（なんど）に急ぐ。

寝間着のまま玄関に行くと、小姓たちに囲まれている泰徳は、左近が初めて見る、悲しげな顔をしていた。

察しはついていたが、左近はあえて問う。

「何があった」

泰徳は式台に歩み寄り、左近の前で両膝をついた。

「すまぬ……。止められなかった」

左近は泰徳の手を取り、顔を上げさせた。

「落ち着いて話してくれ」

「大石内蔵助殿を筆頭とする赤穂浪士四十七名が、吉良邸に討ち入った」

「間違いないのか」

「吉良屋敷の近くに暮らす門弟から知らせがあり、この目で確かめてきた」

左近は、己でも不思議なほど落ち着いていた。

「して、首尾(しゅび)は」

泰徳は左近の目を見て、顎を引く。

左近は口に出して問う。

「吉良上野介殿を討ち取ったのか」

「うむ」

「方々(かたがた)は、今どうしている」

「回向院にいるはずだ」

「安兵衛に会(お)うたのか」

泰徳は首を横に振る。

「わたしが駆けつけた時には、吉良殿は討ち取られ、浪士たちは門前に集まっていた。安兵衛殿に声をかけられる雰囲気ではなかったが、回向院へ向かうという声を聞き、まずはおぬしに知らせるべきだと思い、来たのだ」

左近は神妙に応じる。

「よう知らせてくれた」

そこへ、小姓が藤色の着物を抱えてきた。

又兵衛と間部が自分の部屋から駆けつけたのは、その時だ。

式台で着替える左近を見た又兵衛が、泰徳がいるのに気づいて険しい顔をした。

「岩城殿、赤穂の者たちがことを起こしたのですか」

泰徳がうなずくと、又兵衛は嘆息(たんそく)した。

「やはり、忠義を貫いたか……」

左近は式台で着替えながら、又兵衛と間部に告げる。

「余はこれより、回向院へまいる」

驚く又兵衛に、左近が先回りする。

「案ずるな。顔を見に行くだけだ」

間部が泰徳に問う。

「騒ぎになっておりますか」

「町は大騒ぎだ」

それを受けて、間部が左近に言う。

「今頃は、上杉家に知らせが入っておりましょう。ご実子の藩侯が、手勢を率いて赤穂の者たちを討ちにゆくかもしれませぬ」

又兵衛が続く。

「殿、もし出くわしても、赤穂勢に加勢をしてはなりませぬぞ」

「もし上杉が出張ってまいれば、余があいだに入って止める」

「では、それがしもお供します」

「よい。誰も来てはならぬ。泰徳、ゆくぞ」

「おう」

左近は屋敷を出ると、回向院に走った。

町中を両国橋へ向かっている時、通りを走る者たちの流れができていた。皆、両国橋ではなく、大川の下流へと向かっている。

赤穂浪士、という声を聞いた泰徳が、町の男に問う。

「おい、赤穂の者たちがどうしたのだ」

すると男は、人の流れを指差しながら答える。

「赤穂浪士たちが、吉良様のお屋敷に討ち入ったんです」

「それは知っておる。方角が違うだろう」

「なんでも、隊列を組んで永代橋に向かっているそうです。みんな、雄姿を一目見ようってんで急いでいるんです。もう行きますよ」

走って流れに乗る町の男を、左近たちも追ってゆく。

討ち入りの一件はたちまち江戸中に伝わったらしく、永代橋に続く道は人でごった返している。

左近は泰徳と人混みをかき分けて進み、永代橋の西詰に出た。

橋の上では、対岸を見ようと人だかりができている。

橋を守る役人が出て、大勢が溜まると橋が崩れると大声で叫んでいるが、誰も聞こうとはしない。

そんな騒ぎの中、

「来たぞ！」

橋のほうから大声がした。

橋に溜まっていた大勢の者たちが静かになり、潮が引くように戻ってくると、道の両端へ分かれた。

雪雲が垂れ込め、海から吹く強風が永代橋の欄干に積もっていた雪を飛ばし、橋の上が白く霞んだ。

誰もが息を吞んで待ち、しんと、空気が張りつめている。

雪煙の中に先頭の影が見えると、見物人たちがどよめいた。

隊列を組んだ赤穂浪士たちが、吉良の首を白い布に包んで槍の穂先に吊るし、粛々と渡ってくる。整然としたその姿は、見る者を圧倒している。

町の者たちから称賛の声があがると、徐々に大きくなっていく。

浪士たちは浮かれるでもなく、隊列を乱すことなく足を運ぶ。

安兵衛と孫太夫を見つけた左近は、一言では言い表せぬ顔つきを目の前に、声をかけることができなかった。込み上げる感情を抑え、歯を食いしばって見ていると、安兵衛と目が合った。

左近に気づいた安兵衛は、優しい表情で顎を引き、孫太夫に何か告げた。

すると孫太夫が左近に気づき、頭を下げる。そして、横にいる者の背中をたたき、左近を見るよう促した。

頭を下げた若者の顔を見た左近は、目を見張った。

「丹下先生……」

驚きのあまり声をかけた左近に、丹下は真顔でうなずく。

「わしの倅です」

孫太夫が言い、穏やかに笑った。

丹下の羽織には、奥田貞右衛門行高と書かれている。

左近は、足を止めぬ孫太夫たちについて歩いた。

すると孫太夫が、左近のほうへ寄ってくる。

「正しくは娘婿ですが、自慢の息子です。これでおあいこでござるな、新見殿」

互いに正体を隠していたことを言って笑う孫太夫は、丹下こと、貞右衛門の背中をふたたびたたいて笑ったかと思うと、ふと立ち止まり、神妙な面持ちで頭を下げた。

「新見殿、ここでお別れにござる」

孫太夫は、立ち止まった左近の顔を見ずきびすを返し、隊列に戻った。

左近は追っていき、安兵衛と孫太夫に大声で告げる。

「そなたらの忠義、あっぱれであるぞ」

孫太夫は微笑み、安兵衛は前を向いたまま、拳を突き上げた。

立ち止まって見送る左近の横に並んだ泰徳が、赤穂浪士たちを見つめて言う。

「皆、よい顔をしておられたな」

声にならぬ左近の横顔を見た泰徳は、黙って背中をたたき、永代橋へ足を向けて去ってゆく。

左近は、隊列の最後尾が見えなくなっても、しばらくその場から動けなかった。

双葉文庫

さ-38-29

新・浪人若さま 新見左近【十三】

忠義の誉

2023年4月15日　第1刷発行

【著者】
佐々木裕一

【発行者】
箕浦克史
【発行所】
株式会社双葉社
〒162-8540 東京都新宿区東五軒町3番28号
［電話］03-5261-4818(営業部)　03-5261-4868(編集部)
www.futabasha.co.jp(双葉社の書籍・コミックが買えます)
【印刷所】
中央精版印刷株式会社
【製本所】
中央精版印刷株式会社

【フォーマット・デザイン】
日下潤一

ISBN978-4-575-67154-4 C0193
Printed in Japan